Viagens Extraordinárias
Obras Completas de Júlio Verne em 90 volumes

1ª Série
1. A Volta ao Mundo em 80 Dias
2. O Raio Verde
3. Os Náufragos do Ar - A ILHA MISTERIOSA I
4. O Abandonado - A ILHA MISTERIOSA II
5. O Segredo da Ilha - A ILHA MISTERIOSA III
6. A Escuna Perdida - DOIS ANOS DE FÉRIAS I
7. A Ilha Chairman - DOIS ANOS DE FÉRIAS II
8. América do Sul - OS FILHOS DO CAPITÃO GRANT I
9. Austrália Meridional - OS FILHOS DO CAPITÃO GRANT II
10. O Oceano Pacífico - OS FILHOS DO CAPITÃO GRANT III

2ª Série
1. O Correio do Czar - MIGUEL STROGOFF I
2. A Invasão - MIGUEL STROGOFF II
3. Atribulações de um Chinês na China
4. À Procura dos Náufragos - A MULHER DO CAPITÃO BRANIGAN I
5. Deus Dispõe - A MULHER DO CAPITÃO BRANIGAN II
6. De Constantinopla a Scutari - KÉRABAN O CABEÇUDO I
7. O Regresso - KÉRABAN O CABEÇUDO II
8. Os Filhos do Traidor - FAMÍLIA-SEM-NOME I
9. O Padre Joann - FAMÍLIA-SEM-NOME II
10. Clóvis Dardentor

LES ENFANTS DU CAPITAINE GRANT

VOYAGE AUTOUR DU MONDE

PAR JULES VERNE

DESSINS DE RIOU

GRAVURES DE PANNEMAKER

Voyages Extraordinaires

Viagens Extraordinárias

Obras Completas de Júlio Verne em 90 volumes

1ª Série
Vol. **8**

Tradução e Revisão
Mariângela M. Queiroz

Villa Rica Editoras Reunidas Ltda
Belo Horizonte
Rua São Geraldo, 53 - Floresta - CEP 30150-070 - Tel.: (31) 212-4600
Fax: (31) 224-5151
http://www.villarica.com.br

Júlio Verne

AMÉRICA DO SUL
Os Filhos do Capitão Grant I

Desenhos de L. Bennet

VILLA RICA
Belo Horizonte

2000
Direitos de Propriedade Literária adquiridos pela
VILLA RICA EDITORAS REUNIDAS LTDA
Belo Horizonte

Impresso no Brasil
Printed in Brazil

ÍNDICE

O Tubarão-Martelo	9
Os Três Documentos	16
Malcolm-Castle	24
A Proposta de Lady Glenarvan	30
A Partida do *Duncan*	36
O Passageiro do Camarote Nº 6	40
De Onde Veio e Para Onde Vai Jacques Paganel	48
Um Excelente Homem a Mais no *Duncan*	54
O Estreito de Magalhães	60
O Trigésimo Sétimo Paralelo	70
Através do Chile	79
A Três Mil e Quinhentos Metros de Altura	86
Descida da Cordilheira	95
Um Tiro de Espingarda Dirigido Pela Providência	104
O Espanhol de Jacques Paganel	112
O Rio Colorado	120
Os Pampas	131
À Procura de Água	141
Os Lobos Vermelhos	149
As Planícies Argentinas	160
O Forte Independencia	167
A Cheia	176
Levando Vida de Pássaro	185
Ainda Como Pássaros	194
Entre o Fogo e a Água	202
O Atlântico	210

1
O TUBARÃO-MARTELO

Impelido por um forte vento, no dia 26 de julho de 1864, um iate navegava a todo vapor nas águas do Canal do Norte. Em seu mastro flutuava a bandeira da Inglaterra, e também um galhardete azul, com as iniciais E.G. bordadas a ouro e encimadas por uma coroa ducal. O iate era chamava-se *Duncan*, e pertencia a lorde Glenarvan, um dos dezesseis pares escoceses que têm assento na Câmara, e membro dos mais distintos do *Royal-Thames Yacht Club*, célebre em todo o Reino Unido.

Lorde Glenarvan estava a bordo, em companhia de sua esposa, lady Helena, e de um de seus primos, o major Mac-Nabs.

Construído recentemente, o *Duncan* estava fazendo uma viagem experimental ao golfo de Clyde, procurando entrar em Glasgow. A ilha de Arran já era visível, quando o vigia de proa avisou sobre a presença de um enorme peixe na esteira do iate. O capitão John Mangles mandou prevenir lorde Edward sobre o fato, que subiu imediatamente ao tombadilho, acompanhado do major Mac-Nabs, perguntando ao capitão o que ele achava sobre o animal.

— Parece-me ser um tubarão de bom tamanho — respondeu Mangles.

— Um tubarão, nestas paragens! — exclamou Glenarvan.

— Sem dúvida — respondeu o capitão. — O peixe que temos à vista pertence a uma espécie de tubarão muito comum em todos os mares e latitudes. É o tubarão-martelo. Se o senhor nos permitir, e lady Glenarvan não se importar em assistir a uma pesca curiosa, poderemos capturá-lo.

— O que acha, Mac-Nabs? — perguntou lorde Glenarvan ao major. — Acha que devemos pescá-lo?

— Por mim, o que decidirem... — respondeu o major tranqüilamente.

— De mais a mais — tornou John Mangles, — todos os esforços que se fizer para exterminar tão terrível animal será pouco. Aproveitemos a ocasião, se o senhor me permitir. Será um espetáculo grandioso e uma ação meritória.

— Pois então o faça — replicou lorde Glenarvan, mandando avisar lady Helena, que se mostrou verdadeiramente curiosa com tão interessante pesca.

O mar estava esplêndido, e na sua superfície podiam seguir as rápidas evoluções do tubarão-martelo. Mangles deu as ordens, e os marinheiros deitaram pela trincheira de estibordo um cabo grosso, munido de anzol, levando como isca um grande pedaço de toucinho. Apesar de ainda estar a uma boa distância, o tubarão farejou a isca, aproximando-se rapidamente do iate, as barbatanas, esbranquiçadas nas extremidades e negras na base, fustigando as ondas com violência, ao mesmo tempo em que a cauda o conservava em linha rigorosamente reta. À medida que avançava, percebiam-se-lhe os olhos grandes e salientes, e a mandíbula aberta deixava ver uma fileira quádrupla de dentes. A cabeça era enorme, e assemelhava-se a um martelo. John Mangles não se enganara: era mesmo um voraz tubarão-martelo.

Os passageiros e a tripulação do *Duncan* seguiam com extrema atenção os movimentos do tubarão. Dentro em pouco ele estava ao alcance do anzol, voltando-se sobre o costado para melhor engolir a enorme isca, que desapareceu-lhe na imensa goela. Em seguida, dando um violento puxão no cabo, os marinheiros cravaram o anzol no peixe, e o içaram.

O tubarão debateu-se violentamente ao ver-se arrancado do seu elemento natural... Mas os marinheiros o subjugaram com um cabo de nó corredio, que o segurou pela cauda, paralisando seus movimentos. Instantes depois o tubarão era jogado sobre a tolda. Um dos marinheiros aproximou-se então, e cautelosamente, decepou-lhe a cauda formidável com um vigoroso golpe de machado.

A pesca estava encerrada, e não havia mais motivos de receio, e sim de curiosidade. A bordo de todos os navios é costume examinar-se atentamente o bucho dos tubarões, animais vorazes, que sempre trazem alguma surpresa.

Lady Glenarvan não quis assistir a "exploração" tão repugnante, voltando para o tombadilho. O tubarão ainda respirava, tinha cerca de 1 metro de comprimento e pesava uns 200 quilos. Estas dimensões e peso não são extraordinários para um tubarão-martelo, que não está classificado entre os gigantes da espécie, mas sim entre os mais temíveis.

Sem grandes cerimônias o tubarão foi aberto a machadadas. O anzol entrara-lhe até o bucho, que estava vazio. Não havia dúvidas que o tubarão jejuava há algum tempo, e os marinheiros, desapontados, já iam atirar-lhe os restos ao mar, quando um objeto grosseiro, solidamente preso numa das vísceras, despertou a atenção do mestre.

— Ora, o que é isto? — exclamou ele.

— Parece um pedaço de rocha — respondeu um dos marinheiros.

— Parece mais uma palanqueta que o patife meteu no bucho e não pôde digerir — sugeriu outro marinheiro.

— Calem-se — disse Tom Austin, o imediato do iate. — Não vêem que este animal era um grande beberrão, e para não perder nada, bebeu não só o vinho, mas também a garrafa?

— O que? — exclamou lorde Glenarvan. — Este tubarão tem uma garrafa no bucho?

— Exatamente — respondeu o mestre. — Mas parece uma garrafa bem velha!

— Tire-a com cuidado, Tom — retorquiu lorde Glenarvan. — As garrafas achadas no mar encerram muitas vezes documentos preciosos.

— Acredita mesmo nisso? — perguntou o major Mac-Nabs.

— Ora, acredito que possa acontecer!

— Ora, não vou contradizê-lo — respondeu o major, — e talvez haja mesmo dentro dessa garrafa um segredo!

— É o que vamos saber — disse o lorde. — E então, Tom?

— Aqui está — respondeu o imediato, mostrando um objeto disforme que tirara, não sem esforço, do bucho do tubarão.

— Lavem esta coisa repugnante e depois a tragam para o tombadilho — disse lorde Glenarvan.

Tom obedeceu, e a garrafa encontrada em circunstâncias tão extraordinárias foi posta sobre a mesa da câmara, em volta da qual tomaram lugar lorde Glenarvan, o major Mac-Nabs, o capitão John Mangles e lady Helena, porque as mulheres, segundo se diz, são sempre um tanto curiosas.

No mar tudo é novidade. Houve um momento de silêncio, no qual todos olharam para aquele frágil objeto. Estaria ali o segredo de um desastre, ou apenas uma insignificante mensagem, confiada ao capricho das ondas por algum navegador ocioso?

— O que? — exclamou lorde Glenarvan. — Este tubarão tem uma garrafa no bucho?

Glenarvan então examinou a garrafa, tomando muito cuidado, já que nestes casos, um pequeno detalhe pode servir de fio condutor para uma grande descoberta.

Primeiro observaram o exterior da garrafa. Era esguia, e no gargalo ainda se via um pedaço de arame corroído pela ferrugem. O vidro era espesso, o que denotava ser uma garrafa de champanha fina.

— Uma garrafa da casa Cliquot — exclamou simplesmente o major, não sendo contestado, já que devia entender do assunto.

— Meu querido major — redargüiu lady Helena, — pouco nos importa a qualidade da garrafa, mas sim de onde ela vem.

— Vamos ficar sabendo, minha querida Helena — disse lorde Edward, — e já podemos afirmar que ela vem de longe. Veja as matérias petrificadas que a cobrem! Este resto de um naufrágio já tinha longa permanência no fundo do oceano, antes de ir sepultar-se no ventre de um tubarão.

— Concordo — replicou o major, e esta garrafa parece já ter feito uma longa viagem!

— Mas de onde ela vem? — perguntou lady Glenarvan.

— Espere, minha querida Helena, é preciso ser paciente com as garrafas. Ela vai acabar por responder todas as nossas perguntas.

Enquanto dizia isso, lorde Glenarvan removia os detritos que protegiam o gargalo da garrafa. Dali a pouco aparecia a rolha, muito danificada pela água do mar.

— Se houver aqui dentro algum papel — disse Glenarvan, — deve estar em péssimo estado.

— É o que receio — ponderou o major.

— Foi sorte que o tubarão a tivesse engolido, porque esta garrafa não tardaria a perder-se no fundo do mar — disse Glenarvan.

— De certo — replicou John Mangles, — mas antes a tivéssemos pescado no mar, em longitude e latitude bem determinadas. Assim, poderíamos reconhecer o caminho percorrido, estudando-se as correntes atmosféricas e marinhas. Mas no bucho de tubarão, que nada contra o vento e as marés...

— Veremos! — exclamou Glenarvan, no momento em que retirava a rolha com o maior cuidado.

— E então? — perguntou lady Helena, com uma curiosidade puramente feminina.

— Não me enganei! — exultou Glenarvan. — Contém papéis!

— Documentos! Documentos! — exclamou lady Helena.

— Com a umidade aderiram às paredes da garrafa, não consigo tirá-los!

— Quebre a garrafa! — respondeu Mac-Nabs.

— Gostaria de conservá-la intacta — disse Glenarvan.

— Eu também — acrescentou o major.

— E o conteúdo dela não será mil vezes mais valioso do que a garrafa? — ponderou lady Helena.

— Quebre apenas o gargalo — sugeriu John Mangles, — porque assim poderá tirar o documento intacto.

— Vejamos! Vejamos, meu caro Edward — disse lady Glenarvan.

Era impossível proceder-se de outro modo, e então lorde Glenarvan quebrou o gargalo da garrafa. Para isso foi preciso usar o martelo, porque os detritos acumulados na garrafa a tinham feito tão dura quanto o granito. Assim que quebraram o gargalo, encontraram muitos fragmentos de papel, colados uns aos outros. Glenarvan tirou-os com precaução, estendendo-os diante de si, enquanto lady Helena, o major e o capitão o rodeavam cheios de curiosidade.

2
OS TRÊS DOCUMENTOS

Nos papéis, meio destruídos pelo mar, percebiam-se algumas palavras, restos de linhas quase totalmente apagadas. Lorde Glenarvan analisou-as com atenção, enquanto seus companheiros o aguardavam, ansiosos:

— Temos aqui três documentos distintos — disse ele então, — provavelmente três cópias do mesmo documento traduzido em três línguas: inglês, francês e alemão.

— E estas palavras fazem sentido? — perguntou lady Glenarvan.

— É difícil dizer, querida; as palavras são incompletas...

— Talvez os documentos se completem — disse o major

— Pode ser — redargüiu Mangles. — É impossível que a água tenha comido as linhas exatamente nos mesmos lugares! Reunindo esses pedaços de frases, acabaremos por lhes achar um sentido inteligível.

— Vamos fazer isso — disse lorde Glenarvan. — Adotemos um método: primeiro o documento em inglês.

	62		Bri		gow
sink					stra
		aland			
	skipp		Gr		
				that monit	of long
and					ssistance
		lost			

— Isso não significa nada — disse o major, desapontado.

— Disso não há dúvida — disse lorde Glenarvan. — As palavras *sink, aland, that, and, lost,* estão intactas; *skipp* forma evidentemente a palavra *skipper,* e trata-se de um senhor Gr..., provavelmente o capitão do navio que naufragou*.

— As palavras *monit* e *ssistance** também são evidentes — acrescentou John Mangles.

— Isso já é alguma coisa — observou lady Helena.

— Infelizmente — redargüiu o major, — faltam-nos linhas inteiras. Como acharemos o nome do navio perdido, o local do naufrágio?

— Vamos achar — disse lorde Edward.

— Vamos encontrá-lo, mas como? — repetiu o major

— Completando um documento com o outro.

— Procuremos então! — exclamou lady Helena.

O segundo pedaço de papel, mais danificado que o primeiro, só mostrava palavras inteiramente isoladas:

7 *Juni*		*Glas*
	zwei	*atrosen*
	graus	
		bringt ihnen

— Este está escrito em alemão — disse John Mangles, assim que olhou o papel.

— Entende esta língua, John? — perguntou Glenarvan.

— Perfeitamente, Excelência.

— Então nos diga o que significam estas poucas palavras.

---

*. As palavras *sin, aland, that, and, lost,* significam em português, *ir ao fundo, a terra,* isto, é, perdido. *Skipper* é o nome que em Inglaterra se dá aos capitães da marinha mercante. *Monition* quer dizer *documento,* e *assistance,* socorro.

17

— Em primeiro lugar, podemos ter certeza absoluta quanto à data do acontecimento: *7 juni*, quer dizer 7 de junho, e aproximando estes algarismos dos algarismos 62, fornecidos pelo documento em inglês, temos a data completa: *7 de junho de 1862*.

— Muito bem, John, continue — disse lady Helena.

— Na mesma linha — prosseguiu John, está a palavra *Glas*, que juntamente com o *gow* do primeiro documento, dá *Glasgow*. Trata-se de algum navio do porto de Glasgow.

— Concordo — observou o major.

— A segunda linha do documento falta completamente — continuou Mangles. — Mas no terceiro encontro duas palavras de grande importância: *zwei*, que quer dizer dois, e *atrosen*, ou melhor, *matrosen*, que significa *marinheiros* em alemão.

— Parece tratar-se então de um capitão e dois marinheiros — observou lady Helena.

— É provável — concordou lorde Glenarvan.

— Confesso que a seguinte palavra *graus*, me desconcerta muito, pois não sei como traduzi-la. Talvez o terceiro documento nos permita compreender melhor esta palavra. Quanto às duas últimas palavras, podemos explicá-las sem muita dificuldade. *Bringt ihnen* significa *levem-lhes*, e aproximando-as da palavra inglesa situada também na sétima linha do primeiro documento, a palavra *assistance*, formamos a frase *levem-lhes socorro*.

— Sim, levem-lhes socorro! — exclamou Glenarvan. — Mas onde estão estes desgraçados? Até aqui não tivemos nenhuma informação de onde ocorreu a catástrofe.

— Quem sabe se o documento em francês não é mais explícito — disse lady Helena.

— Vejamos então — redargüiu Glenarvan, — e como todos sabemos esta língua, ficará mais fácil.

Este era o terceiro documento:

	troi	*ats*		*tannia*
		gonie		*austral*
				abor
contin	*pr*			*cruel indi*
	jeté			*ongit*
et 37 11'		*lat*		

— Temos algarismos, vejam! — exclamou lady Helena.

— Vamos pelo princípio — disse lorde Glenarvan. — Por estas primeiras palavras, vejo que se trata de uma galera, cujo nome, graças aos documentos inglês e francês, nos foi inteiramente conservado: *Britannia*. Das duas palavras seguintes, *gonie* e *austral*, só a última tem um significado que todos compreendem.

— Eis um pormenor valioso — observou Mangles; — o naufrágio ocorreu no hemisfério sul.

— Isto é muito vago! — exclamou o major.

— Continuemos — tornou Glenarvan. — Ah! A palavra *abor* vem do verbo *aborder*. Os infelizes abordaram em alguma parte. Mas onde? *Contin*! Foi então um continente? Cruel...

— Cruel! — exclamou John Mangles. — Eis aí a explicação da palavra alemã *graus*... *grausam*... *cruel* !

— Continuemos, continuemos — prosseguiu Glenarvan, com o interesse redobrado à medida que ia decifrando as palavras. — *Indi*... Trata-se da Índia, para onde os marinheiros terão sido lançados. O que significa esta palavra *ongit*? Ah! Longitude! E eis a latitude! *Trinta e sete graus e onze minutos*. Enfim temos uma indicação exata.

— Mas falta a longitude — observou Mac-Nabs.

— Não se pode ter tudo, meu caro major — redargüiu Glenarvan, — e já é alguma coisa ter-se um grau exato de latitude. Inegavelmente o documento francês é o mais completo. Está claro que cada um deles não passa da tradução literal dos outros, porque todos contêm o mesmo número de linhas. É preciso uni-los agora, traduzi-los numa só língua, e procurar o seu sentido mais provável, lógico e explícito. Vou fazê-lo em francês, já que foi nesta língua que se conservou a maior parte das palavras.

E lorde Glenarvan pegou a pena e, instantes depois, apresentou aos seus amigos o seguinte papel:

7 juin 1862	*trois-mâts*	*Britannia*	*Glasgow*
sombré	*gonie*		*austral*
	à terre		*deux matelots*
capitaine Gr		*abor*	
contin	*pr*	*cruel*	*indi*
	jeté ce document		*de longitude*
et 37° 11' de latitude		*Portez-leur secours*	
	perdus		

Neste momento um marinheiro veio informar ao capitão que o *Duncan* entrava no golfo Clyde, e pedir-lhe novas ordens.

— Qual é a intenção de Sua Excelência? — perguntou John Mangles, dirigindo-se a lorde Glenarvan.

— Vamos aportar em Dumbarton o mais depressa possível, John. Então, enquanto lady Helena regressa para Malcolm-Castle, eu mesmo irei a Londres, apresentar estes documentos ao almirantado.

Mangles deu as ordens neste sentido, despachando logo o marinheiro.

— Agora, meus amigos — tornou Glenarvan, — continuemos as investigações. Estamos no rasto de uma grande catástrofe. Depende da nossa sagacidade a vida de alguns homens. Empreguemos todos os nossos esforços para decifrar este enigma.

— Estamos prontos, meu caro Edward — respondeu Lady Helena.

— Primeiro — continuou Glenarvan, — precisamos levar em consideração tudo o que sabemos. Depois, o que podemos presumir, e por fim, o que ignoramos completamente. E o que sabemos? Sabemos que no dia 7 de junho de

1862, a *Britannia*, de Glasgow, soçobrou; que dois marinheiros e o capitão lançaram este documento à 37° e 11' de latitude pedindo socorro.

— Perfeitamente — disse o major.

— Podemos conjeturar — tornou Glenarvan, — que o naufrágio aconteceu nos mares do sul, e devemos atentar para a palavra *gonie*. Não será a indicação de algum país?

— A Patagônia! — exclamou lady Helena.

— Pode ser! Mas será que a Patagônia é atravessada pelo paralelo trinta e sete? — perguntou o major.

— Isso é fácil verificar — respondeu Mangles, desenrolando um mapa da América Meridional. — Exatamente: a Patagônia é quase tocada pelo paralelo trinta e sete. Este paralelo corta a Araucania, passa rente pela parte setentrional das terras patagãs e vai perder-se no Atlântico.

— Pois bem, continuemos nossas conjecturas. Os dois marinheiros *abord...*, abordam aonde? *Conti...*, continente, e não uma ilha. Qual é a sua sorte? Aí temos duas letras providenciais *pr...*, que dizem que estes infelizes encontram-se *presos*, ou *prisioneiros*. De quem? De *índios cruéis*. Estão convencidos? Não ficou tudo esclarecido?

Glenarvan falava com tamanha convicção, com uma confiança tão absoluta, que todo o seu entusiasmo comunicava-se aos seus ouvintes:

— É claro! É claro! — exclamaram todos.

E então lorde Edward prosseguiu:

— Todas as hipóteses que formulei me parecem plausíveis: na minha opinião, a catástrofe ocorreu nas costas da Patagônia. Tomarei informações sobre o *Britannia* em Glasgow, e então saberemos melhor seu destino.

— Ora, não precisamos ir tão longe — redargüiu John Mangles. — Tenho aqui a coleção da *Mercantile and Shipping Gazette*, que nos dará todas as informações necessárias.

— Vejamos então! — exclamou lady Glenarvan.

Mangles pegou um maço de jornais do ano de 1862, folheando-os rapidamente. Não demorou muito e exclamou, satisfeito:

— 30 de maio de 1862. Saindo de Glasgow, com destino ao Peru, o *Britannia* era comandado pelo capitão Grant.

— Grant! — exclamou lorde Glenarvan. — Aquele arrojado escocês que pretendeu fundar uma Nova Escócia nos mares do Pacífico!

— Sim — replicou Mangles, — aquele mesmo que, em 1861, embarcou em Glasgow na *Britannia*, e de quem nunca mais se teve notícias.

— Já não há mais dúvidas! — exclamou Glenarvan. — É ele mesmo. A *Britannia* largou de Calhau em 30 de maio, e em 7 de junho, oito dias depois, perdeu-se nas costas da Patagônia. Eis toda a história destes restos de papéis indecifráveis. O que nos falta saber agora é a longitude!

— Não fará falta — redargüiu Mangles, — porque, conhecendo a terra, e só com a latitude, podemos ir até ao teatro do naufrágio.

— Então, sabemos tudo? — perguntou lady Glenarvan.

— Tudo, minha querida Helena, e nos lugares em branco que o mar colocou entre as palavras do documento, vou preencher como se escrevesse e o capitão Grant ditasse.

Então lorde Glenarvan tornou a pegar na pena, e redigiu a seguinte nota, sem hesitar:

"Em 7 de junho de 1862, a galera *Britannia*, de *Glasgow*, naufragou *nas costas da Patagônia, no hemisfério* austral. *Dirigindo-se* para terra, dois marinheiros e o capitão Grant *vão esforçar-se por* abordar ao *continente onde ficarão prisioneiros de Índios* cruéis. *Lançaram este* documento ao mar *em graus de* longitude e 37° e 11' de *latitude*. Levem-lhes socorro, *ou ficarão* perdidos."

— Muito bem, meu querido Edward — disse lady Helena, — se esses infelizes tornarem a ver a pátria, deverão a você tamanha felicidade.

— Tornarão a vê-la — disse Glenarvan. — Este documento é muito claro, e explícito o suficiente para que a Inglaterra hesite em levar socorro a três filhos seus abandonados numa costa deserta. O que ela fez por Franklin e por tantos outros há de fazer pelos náufragos do *Britannia*.

— Estes infelizes devem ter família, certamente, que lamentam sua perda — disse lady Helena. — Talvez o pobre capitão Grant tenha mulher, filhos...

— Tem razão, querida Helena, e me encarregarei de lhes fazer saber que ainda há esperança. Agora, amigos, vamos para o tombadilho, porque devemos estar perto do porto.

Realmente o *Duncan* costeava as margens da ilha Bute neste momento, deixando Rothesay a estibordo, com sua cidade pequenina e linda, reclinada num vale fértil; em seguida entrou pelos estreitos canais do golfo, passando rapidamente diante de Greenok, e às seis horas lançava ferro próximo ao rochedo de Dumbarton, coroado pelo castelo de Wallace, o herói escocês.

Ali, uma carruagem aguardava lady Helena, para conduzi-la à Malcolm-Castle na companhia do major Mac-Nabs. Lorde Glenarvan, depois de ter abraçado a sua jovem esposa, meteu-se no trem de ferro de Glasgow.

Antes de partir, porém, mandara publicar uma nota no *Times* e no *Morning-Cronicle*, nos seguintes termos:

"Para esclarecimentos sobre a sorte do navio *Britannia*, de Glasgow, e sobre o capitão Grant, dirijam-se a lorde Glenarvan, Malcolm-Castle, Luss, condado de Dumbarton, Escócia."

3
MALCOLM-CASTLE

O castelo de Malcolm, um dos mais poéticos das Highlands fica situado próximo à aldeia de Luss, dominando o vale. O granito das suas muralhas é banhado pelas águas límpidas do lago Lomond.

Pertencia desde tempos imemoriais à família Glenarvan, que conservou no país de Rob-Roy e de Fergus Mac-Gregor, os costumes hospitaleiros dos velhos heróis de Walter Scott.

Na época em que se operou a revolução social na Escócia, foram expulsos grande número de vassalos, por não poderem pagar enormes rendas aos antigos chefes dos clãs. Uns morreram de fome, outros tornaram-se pescadores, e muitos emigraram. Era uma consternação geral. Como única exceção, os Glenarvan mantiveram-se fiéis ao pacto que tinham com seus rendeiros. Nem um só deixou o lar que os vira nascer, nenhum abandonou a terra onde seus antepassados descansavam.

Lorde Glenarvan possuía uma fortuna imensa e a empregava em fazer o bem. Sua bondade era infinita, e o senhor de Luss, o "lorde de Malcolm", representava o condado na câmara dos lordes. Mas, com a sua pouca preocupação em agradar ou desagradar à casa de Hannover, era mal visto pelos homens de Estado da Inglaterra, e era por este motivo que ele se apegava às tradições dos seus avós, e resistia energicamente às usurpações dos do sul. E ao mesmo tempo em que abria as portas dos seus condados ao progresso, permanecia escocês na alma, e pela glória da Escócia tomava parte nas regatas do Royal Thames Yacht Club.

Lorde Glenarvan tinha então trinta e dois anos, estatura elevada, feições um pouco severas, infinita doçura no olhar, e todo o aspecto poético dos habitantes das highlands. Era considerado um bondoso e valente cavalheiro.

Casara há apenas três meses, tendo escolhido como esposa Helena Tuffnel, filha do grande viajante William Tuffnel, uma das numerosas vítimas da ciência geográfica e da paixão pelas descobertas.

A srta. Helena não pertencia a uma família nobre, mas era escocesa, o que, aos olhos de lorde Glenarvan, valia por todas as nobrezas. Desta criatura jovem, sedutora, corajosa e dedicada, o senhor de Luss fizera a companheira da sua vida. Um dia encontrou-a vivendo sozinha, órfã, quase sem meios, na casa de seu pai, em Hilpatrick. Compreendendo que aquela pobre menina se tornaria uma mulher muito corajosa, desposou-a.

A srta. Helena contava então vinte e dois anos; era uma moça loura, de olhos azuis como as águas dos lagos escoceses em manhãs formosas de primavera. O amor que dedicava ao marido mostrava-se superior à gratidão que lhe votava. Amava-o como se ela fosse a rica herdeira e ele o órfão abandonado. Quanto aos seus rendeiros e servidores, estavam prontos a dar a vida por aquela a quem chamavam de "nossa boa senhora de Luss".

Lorde Glenarvan e lady Helena viviam felizes em Malcolm-Castle, em meio da natureza grandiosa e selvática das Highlands. Um dia, perdiam-se nos bosques de vidoeiros e nas vastas campinas; noutro, trepavam nas cumeadas abruptas do Ben Leomand, ou corriam a cavalo através dos campos, estudando, interpretando, admirando a terra poética, chamada ainda de "terra de Rob-Roy". À tarde, quando a noite se acercava e a "lanterna" de Mac-Farlane se acendia no horizonte, iam vaguear ao longo da vetusta galeria circular que formava um colar de seteiras no castelo de Malcolm, e aí, pensativos, esquecidos e como que sós no mundo, sentados nalguma pedra derrubada, em meio ao silêncio da natureza e dos pálidos raios da lua, enquanto a noite invadia o cume das montanhas, eles permaneciam mergulhados nesse êxtase puro, nesse arrebatamento íntimo cujo segredo só possuem os corações que palpitam de amor.

Assim decorreram os primeiros meses de casamento. Porém, lorde Glenarvan não esquecia que sua mulher era filha de um grande viajante; achava que lady Helena devia abrigar no coração todas as aspirações de seu pai, e não se enganava.

Construiu então o *Duncan*, destinado a transportá-los aos mais belos países do mundo, e pelas ondas do Mediterrâneo até as ilhas do arquipélago. Imagine a alegria de lady Helena quando o marido colocou o *Duncan* às suas ordens!

Entretanto, lorde Glenarvan partira para Londres. Tratava-se da salvação de uns infelizes náufragos; por isso também lady Helena mostrou-se mais impaciente do que triste com esta ausência momentânea. No dia seguinte um despacho de seu marido a fez aguardá-lo de volta em breve. À noite, uma carta pedia demora; as propostas de lorde Glenarvan encontravam algumas dificuldades. No dia seguinte, em nova carta, lorde Glenarvan não ocultava o seu descontentamento a respeito do almirantado.

Naquele dia lady Helena começou a sentir-se inquieta. À noite encontrava-se em seu quarto, quando o mordomo, o sr. Halbert, veio perguntar-lhe se gostaria de receber uma jovem e um menino que desejavam falar a lorde Glenarvan.

— São daqui? — perguntou lady Helena.

— Não, senhora, porque não os conheço. Acabam de chegar de trem de Balloch, e de lá vieram a pé até aqui.

— Peça-lhes que subam, Halbert — disse lady Glenarvan.

O mordomo retirou-se. Instantes depois a jovem e o menino foram introduzidos na câmara de lady Helena. Eram irmãos, e bastante semelhantes. A jovem tinha dezesseis anos, um rosto bem interessante, mas marcado pelo cansaço e pelos olhos inchados, que indicavam que ela devia ter chorado muitas vezes. Sua expressão era de resignação e de coragem, a roupa simples, mas limpa, e tudo nela inspirava simpatia.

Trazia pela mão um rapazinho de doze anos, de aspecto resoluto, e que parecia tomar a irmã sob sua proteção. Com efeito, quem quer que faltasse ao respeito com a jovem, teria de haver-se com aquele pequenino homem!

Ao ver-se diante de lady Helena, a jovem ficou um pouco perturbada, e a jovem senhora tratou então de falar:

— Deseja algo? — perguntou ela, animando a jovem com um olhar.

— Desejamos falar com lorde Glenarvan em pessoa — respondeu o pequeno, em tom decidido.

— Desculpe-o, senhora — disse a jovem, repreendendo o irmão.

— Lorde Glenarvan não se encontra aqui, mas sou sua esposa, e posso substituí-lo — replicou lady Helena.

— A senhora é lady Glenarvan?

— Sim, senhorita.

— É a esposa de lorde Glenarvan de Malcolm-Castle, que publicou no *Times* um anúncio relativo ao naufrágio da *Britannia*?

— Sim! Sim! — respondeu lady Helena, alvoroçada. — E a senhorita?...

— Eu sou a senhorita Grant, senhora, e este é o meu irmão.

— Senhorita Grant! Senhorita Grant! — exclamou lady Helena, puxando para si a jovem, e beijando as faces do menino.

— Senhora, o que sabe do naufrágio de meu pai? Ele está vivo, vamos vê-lo novamente? — exclamou a jovem.

— Minha querida filha — disse lady Helena, — Deus me livre de responder levianamente em semelhante circunstância; não queria dar-lhe ilusões...

27

— Fale, senhora, fale! Suportarei a dor!

— Minha querida menina, é bem pouca a esperança que nos resta. Mas com a ajuda de Deus, que tudo pode, é possível que torne a ver seu pai um dia.

— Meu Deus, meu Deus! — exclamou a senhorita Grant, não contendo as lágrimas, enquanto Robert cobria de beijos as mãos de lady Glenarvan.

Passado o primeiro acesso desta alegria dolorosa, a jovem deixou-se levar na corrente de perguntas inúmeras; lady Helena então contou-lhe a história do documento que encontraram, implorando por socorro.

Durante esta narração, Robert Grant fitava ansiosamente lady Helena; sua imaginação de criança reproduzia as cenas terríveis das quais seu pai devia ter sido vítima. Via-o sobre a tolda da *Britannia*, seguia-o em meio das ondas; agarrava-se com ele nos rochedos da costa; arrastava-se ofegante sobre a areia e fora do alcance das ondas. Durante a narrativa, muitas palavras lhe escaparam dos lábios.

— Meu pai! Meu pobre pai! — exclamou ele, aproximando-se da irmã.

Quanto à senhorita Grant, esta só escutava, até o momento em que, terminada a descrição, disse:

— Senhora, posso ver o documento! O documento!

— Não está comigo, minha cara — respondeu lady Helena.

— Não?

— Não. O documento foi levado para Londres por lorde Glenarvan, que foi cuidar dos interesses do seu pai. Mas eu lhe disse palavra por palavra tudo o quanto ele continha, e o modo como conseguimos obter o seu sentido exato. Entre os pedaços de frases quase apagadas, conseguimos ter a latitude, mas a longitude, infelizmente...

— Não precisaremos dela! — exclamou o rapazinho, decidido.

— Sim, senhor Robert — redargüiu lady Helena, ao vê-lo tão resoluto. — Como se vê, senhorita Grant, conheço todas as pequeninas particularidades destes documentos.

— Não duvido, senhora, mas desejaria ver a letra de meu pai.

— Pois bem, talvez amanhã lorde Glenarvan já esteja de volta. Meu marido quis mostrar este documento aos membros do almirantado, a fim de providenciar a partida imediata de um navio para procurar o capitão Grant.

— Será possível, senhora! — exclamou a jovem. — Fizeram tudo isso por nós?

— Sim, minha cara, e estou aguardando a volta de lorde Glenarvan a qualquer momento.

— Senhora — disse a jovem, com profundo reconhecimento e ardor religioso, — que o céu a abençoe e também a lorde Glenarvan.

— Minha querida, não merecemos agradecimento algum. Qualquer pessoa faria o mesmo em nosso lugar. E espero que a pequena esperança que eu lhes dei, venha realmente concretizar-se! Até o regresso de lorde Glenarvan, vocês permanecerão aqui...

— Senhora — interrompeu a jovem, — não quero abusar da simpatia que está demonstrando a dois estranhos.

— Estranhos! Minha cara, vocês não são estranhos nesta casa, e quero que lorde Glenarvan possa participar-lhes, pessoalmente, todo o esforço que será feito para o salvamento do capitão Grant!

Não havia como se recusar tão generoso oferecimento, e os irmãos Grant concordaram em aguardar o regresso de lorde Glenarvan em Malcolm-Castle.

4
A Proposta de Lady Glenarvan

Durante esta conversa, lady Helena não mencionou os receios que seu marido lhe confessara, a respeito do modo como seria recebido seu pedido pelos lordes do almirantado; nem tampouco disse algo sobre o provável cativeiro do capitão Grant pelos índios da América meridional. De que adiantava entristecer aquelas pobres crianças com a situação de seu pai, e diminuir a esperança que eles acabavam de conceber? Isso em nada mudaria a situação. Lady Helena calara-se a tal respeito, e depois de responder a todas as perguntas da srta. Grant, tratou de interrogá-la a respeito de sua vida, de sua situação, já que ela parecia ser a única protetora do irmão.

As respostas da srta. Grant formavam uma história singela e patética, que só aumentou a simpatia que lady Helena sentia por ela.

A srta. Mary e Robert Grant eram filhos únicos do capitão. Harry Grant perdera a esposa por ocasião do nascimento de Robert, e durante as suas viagens de longo curso, deixava os filhos entregues aos cuidados de uma boa e velha prima. Harry Grant era um valente marinheiro, um conhecedor de sua profissão; ao mesmo tempo era um bom negociante e um bom navegador, reunindo deste modo uma dupla aptidão preciosa para os capitães da marinha mercante. Morava em Dundee, condado de Perth, na Escócia. O capitão Grant era um verdadeiro filho daquela terra. Seu pai, o cura de Saint Katrine Church, dera-lhe educação completa, entendendo que semelhante circunstância não prejudica pessoa alguma, nem mesmo um capitão de longo curso.

Durante as suas primeiras viagens, a princípio como imediato, e por fim na qualidade de capitão, fizera bons negócios, e alguns anos depois de Robert nascer, já possuía fortuna.

Foi então que teve uma grande idéia, que tornou seu nome popular na Escócia. Como os Glenarvan e algumas grandes famílias das Lowlands, achava-se separado de coração, senão de fato, da Inglaterra invasora. Aos seus olhos, os interesses da sua terra não podiam ser os dos anglo-saxônicos, e para lhes dar um desenvolvimento pessoal resolveu fundar uma colônia escocesa num dos continentes da Oceania. Seria o seu sonho futuro a independência de que os Estados Unidos deram exemplo, essa independência que os índios e a Austrália não podem deixar de obter algum dia? Talvez. E é possível também que desse a perceber as suas esperanças secretas. Compreende-se, pois, que o governo recusasse auxiliar o seu projeto de colonização; opôs dificuldades ao capitão Grant que teriam aniquilado qualquer outro homem. Mas Harry não desanimou; apelou para o patriotismo de seus compatriotas, pôs sua fortuna a serviço da sua causa, construiu um navio, e ajudado por uma tripulação escolhida, depois de ter confiado os filhos ao cuidado de uma velha parenta, partiu com o intuito de explorar as grandes ilhas do Pacífico. Era 1861. Durante um ano, até maio de 1862, tiveram notícias dele; mas depois de ter partido de Calhau, no mês de junho, ninguém mais ouviu falar da *Britannia*, e a *Gazeta Marítima* emudeceu a respeito da sorte do capitão.

Foi nestas circunstâncias que a velha prima de Harry Grant morreu, e as duas crianças ficaram sós no mundo.

Mary Grant tinha então quatorze anos, mas não recuou diante da situação em que se encontrou de repente, dedicando-se completamente ao irmão, ainda pequeno. Era preciso educá-lo e instruí-lo. À força de economia, prudência e sagacidade, trabalhando dia e noite, dando tudo a ele, e negando-se tudo, a jovem conseguiu educar o irmão, desempenhando corajosamente os deveres maternais.

As duas crianças viviam em Dundee, vivendo na miséria nobremente aceita e valorosamente combatida. Mary não pensava senão no irmão, e sonhava para ele um futuro mais feliz. Para ela, a *Britannia* perdera-se para sempre, e seu pai estava morto e bem morto! É compreensível, portanto, sua emoção quando leu a nota no *Times*, que o acaso lhe colocou nas mãos. Não havia para que hesitar, e ela decidiu-se imediatamente. Ainda que viesse a saber que o corpo do capitão Grant tinha sido achado numa costa deserta, no fundo de um navio abandonado, isto valia mais do que o tormento de nada saber.

Disse isso tudo ao irmão, e naquele mesmo dia, os dois tomaram o trem até Perth, chegando à noite até Malcolm-Castle, onde Mary, depois de tantas angústias, sentiu renascer a esperança.

Esta foi a dolorosa história que Mary Grant contou a lady Glenarvan, sem sequer se dar conta de quão valorosa tinha sido. Mas lady Helena soube reconhecer isto, e por repetidas vezes, com lágrimas nos olhos, abraçou os filhos do capitão Grant.

Quanto a Robert, este parecia escutar a história pela primeira vez. Arregalava muito os olhos ao escutar a irmã, e então compreendeu tudo o que ela tinha feito por ele, o quanto havia sofrido, e estreitando-a nos braços, exclamou sem poder conter-se:

— Ah! Minha querida mamãe!

Enquanto conversavam, a noite caiu por completo. Vendo o cansaço das crianças, lady Helena achou melhor encerrar a conversa, e conduziu os irmãos Grant aos seus aposentos, onde eles adormeceram sonhando com um futuro mais ameno.

Só então lady Helena mandou chamar o major, contando-lhe todos os incidentes da tarde.

— Que moça admirável é a srta. Mary Grant — exclamou Mac-Nabs, depois de escutar a narração da prima.

— Deus permita que meu marido se saia bem em sua tarefa! — redargüiu lady Helena. — Senão, a situação destas duas crianças será terrível!

— Tudo correrá bem — replicou Mac-Nabs, confiante.

Apesar da segurança do major, lady Helena passou a noite inquieta, não sossegando um minuto sequer.

No dia seguinte, os irmãos Grant, acordados desde cedo, passeavam pelo pátio principal do castelo, quando escutaram o barulho de uma carruagem. Lorde Glenarvan regressava a Malcolm-Castle, a todo galope. Quase ao mesmo tempo lady Helena, acompanhada do major, aparecia no pátio, correndo ao encontro do marido.

Lorde Glenarvan parecia triste, desanimado e furioso. Abraçou a esposa, calado.

— E então, Edward? — exclamou lady Helena.

— Então, querida Helena, aqueles homens são uns desalmados!

— Recusaram?...

— Sim! Recusaram-me um navio! Alegaram os milhões gastos inutilmente em busca de Franklin! Disseram que o documento é obscuro, ininteligível, e que o navio já havia desaparecido há mais de dois anos, e portanto restavam poucas probabilidades de o tornar a achar! Sustentaram que se o capitão Grant foi aprisionado pelos índios, certamente foi levado para o interior, e não poderiam vasculhar toda a Patagônia para encontrar três homens — três escoceses! — e que tal busca seria inútil e perigosa, custando mais vidas do que as que seriam resgatadas! Enfim, deram todas as razões próprias de quem quer recusar o que se lhes pede. Lembravam-se dos projetos do capitão, certamente, e por isso o infeliz está para sempre perdido!

— Meu pai, meu pobre pai! — exclamou Mary Grant, caindo de joelhos diante de lorde Glenarvan.

— Seu pai? Senhorita... — exclamou lorde Glenarvan, atordoado ao ver aquela jovem aos seus pés.

— Sim, Edward, esta é Mary, e este é Robert — esclareceu lady Helena. — São os filhos do capitão Grant, que o almirantado acaba de condenar à orfandade!

— Ah, senhorita — disse Glenarvan, fazendo a jovem levantar-se, — se soubesse quem era...

Ele então calou-se, e um silêncio doloroso, só quebrado pelos soluços tristes da jovem, reinou no pátio. Ninguém falou nada, mas sentia-se que aqueles escoceses ali reunidos revoltavam-se contra o procedimento do governo inglês.

— Não há mais nenhuma esperança? — disse então o major, rompendo o silêncio.

— Nenhuma — respondeu Glenarvan.

— Pois eu mesmo vou procurá-los, e então veremos... — exclamou o jovem Robert, de punhos cerrados.

— Não, Robert — interrompeu-o Mary. — Vamos agradecer a estas bondosas pessoas tudo o que fizeram por nós, e vamos partir.

— Mary! — exclamou lady Helena.

— Mas para onde vai? — perguntou lorde Glenarvan.

— Vou deitar-me aos pés da rainha — respondeu a jovem, — e veremos se ela será surda às súplicas de duas crianças que pedem a volta de seu pai.

Lorde Glenarvan abanou a cabeça, não por duvidar do bom coração da rainha, mas porque sabia que Mary Grant jamais chegaria até ela. Lady Helena também sabia disso, e ao ver aquelas duas crianças desesperadas e sofridas, teve uma idéia luminosa:

— Mary Grant, espere, e escute o que vou lhe dizer!

A jovem, que já segurava o irmão pela mão, e dispunha-se a partir, parou.

Então lady Helena, com os olhos úmidos, mas voz firme e rosto animado, dirigiu-se ao marido:

— Edward, quando o capitão Grant lançou aqueles papéis ao mar, confiou-o a Deus. E foi Deus quem os fez chegar às nossas mãos. Certamente porque queria que nós nos encarregássemos de salvar aqueles infelizes!

— Como assim, Helena? — perguntou lorde Glenarvan.

— Quero dizer — prosseguiu Helena, — que devemos nos considerar felizes por começarmos nossa vida de casados com uma boa ação. Para me agradar, você tinha planejado uma viagem de recreio! Mas haverá prazer maior do que salvar uns infelizes a quem o seu próprio país abandona? O *Duncan* é um excelente navio! Pode enfrentar os mares do sul, fazer a volta ao mundo, se for preciso! Vamos procurar o capitão Grant, Edward!

Diante destas palavras audaciosas e apaixonadas, lorde Glenarvan abraçou a esposa, enquanto os irmãos Grant beijavam-lhes as mãos.

E diante desta cena, os moradores do castelo, comovidos e entusiasmados, soltaram um grito de reconhecimento:

— Hurrah pela dama de Luss! Hurrah! Três vezes hurrah por lorde e lady Glenarvan!

5
A PARTIDA DO *DUNCAN*

Lady Helena tinha uma alma forte e generosa, e prova disto era o que acabara de fazer. Lorde Glenarvan sentia, com razão, muito orgulho desta nobre mulher. Ele já havia pensado em correr ao socorro do capitão Grant, quando viu seu pedido negado, mas não gostava da idéia de separar-se da esposa. Mas agora, já que ela própria queria partir, não havia mais porque hesitar!

Já que haviam decidido partir, não havia tempo a perder. Naquele mesmo dia lorde Glenarvan mandou uma ordem a John Mangles para trazer o *Duncan* até Glasgow, e também para que se fizessem os preparativos para uma viagem aos mares do sul, que bem poderia tornar-se uma viagem de circunavegação.

Lady Helena tinha razão em confiar no *Duncan*. Era um iate a vapor de duzentas e dez toneladas, muito bem equipado, e com uma potência de cento e sessenta cavalos. Poderia muito bem enfrentar uma viagem ao redor do mundo, e Mangles só teria que se preocupar com os arranjos internos.

O seu primeiro cuidado foi alargar os depósitos, a fim de armazenar maior quantidade de carvão, já que, durante a viagem, poderia ser difícil renovar o estoque de combustível. Tomou as mesmas precauções com a despensa, fazendo um estoque para dois anos. E como todo cuidado é pouco, numa viagem tão longa e incerta, ele também instalou um canhão na proa do iate.

John Mangles era um marinheiro experiente, um dos melhores capitães mercantes de Glasgow. Tinha trinta anos, feições um pouco rudes, mas que indicavam coragem e bondade. Era um filho do castelo, que a família Glenarvan educou e do qual fez um excelente marinheiro. Por diversas vezes deu provas de sua habilidade, energia e sangue frio em viagens de longo curso. Quando lorde Glenarvan lhe ofereceu o comando do *Duncan*, aceitou-o de boa vontade, porque amava o senhor de Malcolm como a um irmão, e procurava, sem ainda ter tido a oportunidade, uma ocasião de se sacrificar por ele.

O imediato, Tom Austin, era um velho marinheiro, digno de toda a confiança. Vinte e cinco homens, contando o capitão e o imediato, compunham a tripulação do *Duncan*. Todos pertenciam ao condado de Dumbarton, filhos dos rendeiros da família, marinheiros experimentados, e formando a bordo um verdadeiro clã escocês, composto por belos homens, ao qual nem mesmo faltava a tradicional gaita de fole. Lorde Glenarvan tinha neles um grupo de excelentes vassalos, contentes com o trabalho que exerciam, dedicados, corajosos, hábeis no manejo das armas e nas manobras do navio, e capazes de o seguirem nas mais arriscadas expedições. Quando a tripulação soube para onde iriam, não pôde conter uma alegre explosão de alegria.

John Mangles também não descuidou de preparar os aposentos de lorde e lady Glenarvan para tão longa viagem, preparando também os camarotes dos filhos do capitão Grant, porque lady Helena não pudera recusar o pedido de Mary para juntar-se à expedição.

Quanto ao jovem Robert, ele não deixaria de ir, nem que tivesse que esconder-se no porão. E ainda que o obrigassem a trabalhar de grumete, embarcaria no *Duncan* de qualquer jeito. Como resistir a tal rapazinho? E tanto insistiu que Mangles foi encarregado de instruí-lo marinheiro, já que ele queria *trabalhar* a bordo.

Completava a lista dos passageiros o major Mac-Nabs. Ele era um homem de cinqüenta anos, feições regulares e impassíveis, que ia para onde o mandavam, excelente criatura, modesta, silenciosa, pacífica e meiga; sempre concordando, fosse com o que fosse, nada discutindo, não disputando coisa alguma e nunca se zangando. Mac-Nabs possuía não só a coragem dos campos de batalhas, mas também coragem moral e firmeza de alma. Só tinha um defeito, que era o de ser absolutamente escocês dos pés à cabeça, um teimoso observador dos costumes tradicionais do seu país. Nunca quis servir à Inglaterra, ganhando a patente de major no regimento das *Highland Black Watch*, cujas companhias eram formadas unicamente por escoceses. Como primo dos Glenarvan, vivia em Malcolm-Castle, e na qualidade de major, Mac-Nabs achou muito natural embarcar na expedição do *Duncan*.

Esta era a tripulação do iate, que assim que chegou a Glasgow, monopolizou a curiosidade pública. Todos os dias uma multidão considerável vinha admirar o *Duncan*, e o interesse aumentava dia a dia, por conta da audaciosa viagem que se iria empreender no iate.

Logo que o projeto foi conhecido, lorde Glenarvan não passou um dia sequer sem ter que ouvir sobre os perigos da viagem, mas não fez caso de nenhuma das advertências. A opinião pública declarou-se francamente a favor do lorde escocês, mas assim como fez com as censuras, Glenarvan também mostrou-se insensível aos elogios.

O dia da partida foi fixado para 25 de agosto, o que permitia à embarcação estar de volta das latitudes austrais no princípio da primavera.

No dia 24 de agosto, Glenarvan, lady Helena, o major Mac-Nabs, Mary e Robert Grant, o senhor Olbinett, despenseiro do iate, e sua esposa, a sra. Olbinett, que estava ao serviço de lady Glenarvan, deixaram Malcolm-Castle, depois de terem recebido o afetuoso adeus dos servidores da família.

Dentro em pouco estavam todos instalados a bordo. Os aposentos de lorde e lady Glenarvan ocupavam toda a popa do *Duncan* no tombadilho, compondo-se de dois quartos de dormir, uma sala e dois gabinetes de vestir. Em seguida havia uma câmara comum, rodeada por seis camarotes, cinco dos quais eram ocupados por Mary e Robert Grant, o sr. e sra. Olbinett, e o major Mac-Nabs. Quanto aos camarotes de John Mangles e Tom Austin, estes estavam localizados na parte oposta, abrindo-se sobre o convés. A tripulação acomodava-se na coberta, muito à vontade, porque o iate não levava outra carga além de carvão, mantimentos e armas. Não faltara espaço a John Mangles, e ele o aproveitara habilmente.

O *Duncan* devia partir na noite de 24 para 25 de agosto, mas antes disso a população de Glasgow presenciou uma cerimônia comovente. Às oito horas, lorde Glenarvan e toda a tripulação que iria tomar parte na viagem, foram até Saint Mungo, a velha catedral de Glasgow. Esta antiga igreja recebeu sob suas maciças abóbadas a tripulação do *Duncan* e também uma imensa multidão que os acompanhava. Ali, na extensa nave, o reverendo Morton implorou as bênçãos do céu, e colocou a expedição sob a proteção da Providência. Houve um momento em que a voz de Mary Grant elevou-se no centro da velha igreja. A jovem rogava a Deus por seus benfeitores, derramando lágrimas de gratidão. E então a multidão retirou-se, dominada por profunda comoção.

Às onze horas todos já estavam a bordo, e John Mangles e a tripulação cuidavam dos últimos preparativos para a viagem.

À meia-noite acenderam-se as caldeiras, o capitão deu ordem para dar-lhe força máxima, e bem depressa grossos rolos de fumaça negra confundiam-se com as brumas da noite.

Por volta das duas horas o *Duncan* começou a estremecer sob o efeito da trepidação das caldeiras; o vapor assobiou, saindo pelas válvulas. A claridade do dia já deixava reconhecer os canais de Clyde. Só restava partir, e Mangles mandou avisar à lorde Glenarvan, que subiu para a tolda.

O *Duncan* então soltou agudos silvos, levantou ferro e afastou-se dos navios que o rodeavam. Uma hora depois passava junto aos rochedos de Dumbarton, e ao fim de duas horas achava-se no golfo Clyde. Às seis da manhã já navegava em pleno oceano.

6
O PASSAGEIRO DO CAMAROTE Nº 6

Durante o primeiro dia de viagem o mar esteve agitado, e o *Duncan* jogou bastante, mas no dia seguinte, porém, já não se sentia tanto o balanço. Lady Helena e Mary Grant puderam então reunir-se na tolda com lorde Glenarvan, o major e o capitão. O nascer do sol foi esplêndido, e todos assistiram em silenciosa contemplação o aparecimento do astro.

— Que lindo espetáculo — disse por fim lady Helena.

— Eis um dia que começa bem, e queira Deus que o vento favoreça ainda mais o andamento do *Duncan*.

— Não temos do que nos queixar neste princípio de viagem, querida — redargüiu Glenarvan.

— Será uma viagem demorada, meu caro Edward?

— Isso quem pode nos responder é o capitão! — disse lorde Glenarvan. — E então, John, satisfeito com o seu navio?

— Muito, milorde! — respondeu John. — É um navio magnífico, e qualquer marinheiro gostaria de andar nele. Andamos na razão de 30 quilômetros por hora. Se conservarmos esta velocidade, em menos de cinco semanas teremos dobrado o cabo Horn.

— Viu, Mary — redargüiu lady Helena. — Menos de cinco semanas!

— Sim, senhora — disse a jovem, — ouvi... Meu coração está disparado!

— E como está enfrentando a viagem? — perguntou lorde Glenarvan.

— Menos mal, milorde, e sem enjoar muito. Vou me acostumar depressa!

— E o jovem Robert?

— Oh! Robert — respondeu John Mangles, — quando não está metido na máquina, está empoleirado num dos mastros. O rapaz não sofre de enjôos! Vejam ali!

A um gesto do capitão, todos os olhares se dirigiram para o mastro de traquete, e todos puderam ver Robert suspenso no mastro, a uns 3 metros da tolda. Mary não conteve um grito.

— Sossegue, srta. Mary — disse Mangles, — respondo por ele, e prometo apresentar em pouco um famoso rapaz ao capitão Grant, porque havemos de encontrá-lo!

— Que o céu o escute, sr. John — redargüiu a jovem.

— Minha cara, em tudo isto há uma coisa providencial, e que nos deve dar esperanças — replicou lorde Glenarvan. — Nós não vamos, somos levados, conduzidos. E depois, veja toda esta brava gente alistada ao serviço de causa tão nobre. Não só havemos de encontrar seu pai, como vamos fazer isto sem grandes dificuldades. Prometi a lady Helena uma viagem de passeio, e penso que vou cumprir a promessa!

— Edward, você é o melhor dos homens — sorriu lady Helena.

— Isso não, mas tenho a melhor das tripulações no melhor dos navios. Não acha o nosso *Duncan* admirável, srta. Mary?

— Admiro-o como uma verdadeira entendedora, milorde — respondeu a jovem. — Quando criança brinquei muito nos navios de meu pai. Ele fez de mim um verdadeiro marinheiro, e não me veria embaraçada se tivesse que ajudar no navio!

— Senhorita, o que está dizendo? — exclamou Mangles.

— Se continuar a falar desse modo — acudiu lorde Glenarvan, — vai ficar muito amiga do capitão John, porque, para ele, não há nada no mundo que se compare com a profissão de marinheiro, mesmo para uma mulher!

— De certo, milorde — redargüiu o jovem capitão, — mas tenho que confessar que a srta. Grant está melhor no tombadilho do que se estivesse tendo que lidar com velas e cordas. Mas isso não impede que me sinta satisfeito ao ouvi-la falar assim.

— E principalmente porque admira o *Duncan* — concluiu Glenarvan.

— Que bem o merece — exclamou John.

— Ao vê-lo assim tão orgulhoso do seu iate, tenho vontade de visitar tudo, e ver como os meus bravos marinheiros estão instalados — disse lady Helena.

— Estão muito bem instalados, como se estivessem em casa — respondeu o capitão.

— E estão mesmo em casa, querida Helena — ponderou lorde Glenarvan. — Este iate é um pedaço da nossa velha Caledônia! É um pedaço flutuante do condado de Dumbarton, de modo que não deixamos a pátria! O *Duncan* é o castelo de Malcolm, e o oceano o lago de Lomond!

— Neste caso, querido Edward, faça-me as honras do castelo — replicou graciosamente lady Helena.

— Às suas ordens, milady — disse Glenarvan. — Mas primeiro tenho que prevenir Olbinett.

O despenseiro do iate era um excelente criado, desempenhando suas funções com zelo e inteligência.

— Olbinett, vamos dar um passeio antes do almoço — disse Glenarvan, — e espero achar a mesa servida quando voltarmos.

Olbinett inclinou-se com ar grave.

— Acompanha-nos, major? — perguntou lady Helena.

— Ora, o major está entretido com o seu charuto! Vamos deixá-lo em paz! — exclamou lorde Glenarvan.

O major concordou, e os hóspedes de lorde Glenarvan desceram.

Mac-Nabs, que ficara só, pôs-se a olhar o sulco que a embarcação ia deixando na água, enquanto fumava. Após alguns momentos, voltou-se e viu diante de si um novo personagem. Se alguma coisa pudesse surpreender o major, seria tal encontro, porque o passageiro era-lhe completamente desconhecido.

Era um homem alto, seco e delgado, tendo não mais que quarenta anos. Parecia um prego muito comprido, com a cabeça muito grande. Tinha o crânio espaçoso e robusto, fronte elevada, nariz comprido, boca rasgada e queixo afilado. Usava óculos redondos e sua fisionomia denotava ser um homem inteligente e alegre. Notava-se uma amável sem-cerimônia, que mostrava claramente que ele sabia encarar os homens e as coisas pelo seu lado bom. E, apesar de ainda não ter falado, pressentia-se que devia ser falante, até mesmo distraído, à maneira das pessoas que não vêem aquilo para que estão olhando, e não ouvem o que escutam. Tinha na cabeça um gorro de viagem, calçava botas brancas muito fortes e polainas de couro. Usava calças de veludo castanho, e um casaco curto do mesmo tecido, cujos bolsos pareciam atulhados de blocos, carteirinhas, livros de contas e milhares de objetos inúteis, sem falar de uma luneta que trazia a tiracolo.

A agitação do desconhecido contrastava com a placidez do major; girava ao redor de Mac-Nabs, contemplava-o, interrogava-o com os olhos, sem que este se inquietasse para saber de onde vinha, para onde ia e porque se achava ali.

Quando o enigmático personagem viu que as suas tentativas eram baldadas perante a indiferença do major, lançou mão da luneta, que media bem uns 2 metros, aberta, e imóvel, com as pernas abertas, apontou o instrumento para a linha onde o céu e o mar se confundem. Depois de cinco minutos de exame, baixou a luneta, e fincando-a na tolda, apoiou-se nela, como se fosse uma bengala; mas no mesmo instante as diferentes peças em que o aparelho se dividia entraram umas nas outras, e o novo passageiro a quem o ponto de apoio faltou repentinamente, por pouco não se esborrachou ao chão.

Qualquer outra pessoa teria ao menos sorrido, mas não o major. Ele não pestanejou sequer. O desconhecido então tomou a iniciativa:

— Despenseiro — berrou ele, com um acento que denunciava o fato de ser estrangeiro.

Esperou, mas ninguém apareceu.

— Despenseiro — gritou ainda com voz mais forte.

O sr. Olbinett passava naquele momento em direção à cozinha, e qual não foi sua admiração ao ouvir-se assim interpelado por aquele indivíduo que ninguém conhecia.

— De onde vem este senhor? Será um amigo de lorde Glenarvan? Impossível! — perguntou-se, enquanto subia ao tombadilho, aproximando-se do estrangeiro.

— É o despenseiro do navio? — perguntou-lhe este.

— Sim, senhor, mas não tenho a honra... — respondeu Olbinett.

— Sou o passageiro número seis.

— Número seis? — repetiu o despenseiro.

— Exatamente. E o senhor chama-se...

— Olbinett.

— Ora, meu bom amigo Olbinett — redargüiu o passageiro do camarote número seis, — é preciso pensar no desjejum, e depressa. Há trinta e seis horas que não como, ou antes, há trinta e seis horas que não faço senão dormir, o que é imperdoável para um homem que veio de Paris até Glasgow. A que horas será o desjejum?

— Às nove horas — respondeu Olbinett, maquinalmente.

O estrangeiro quis consultar o relógio, o que levou tempo, porque só o achou no nono bolso.

— Ora, ainda não são nem oito horas. Nesse caso, Olbinett, traga-me um biscoito e um copo de cherry para enganar a fome, porque estou quase a morrer de inanição.

Era um homem alto, seco e delgado, tendo não mais que quarenta anos.

Olbinett o escutava sem compreender bem, porque o desconhecido falava sem cessar, passando de um assunto para outro com extrema volubilidade.

— E o capitão? Ainda não se levantou? E o imediato, também está dormindo? O tempo está bom, o vento favorável, o navio anda por si... — continuava o estrangeiro.

Justamente no momento em que ele falava assim, Mangles apareceu no tombadilho.

— Eis o capitão! — disse Olbinett.

— Ah! Estou encantado, encantado, capitão Burton, por finalmente conhecê-lo!

Foi a vez de John Mangles espantar-se, ao ver um estranho a bordo, que ainda o tratava por "capitão Burton"!

— Permita apertar-lhe a mão, e se não o fiz ontem, foi por compreender que no momento da partida não se deve incomodar ninguém. Mas hoje estou muito contente em conhecê-lo — continuava o desconhecido, muito animado.

John Mangles arregalou ainda mais os olhos, ora fitando Olbinett, ora o recém-chegado.

— Agora que já nos conhecemos, meu caro capitão, somos já como velhos amigos. Diga-me, então, se está satisfeito ou não com o *Scotia*.

— *Scotia*? — pôde finalmente falar Mangles.

— Ora, o *Scotia*, o navio em que estamos, cujas qualidades me gabaram, assim como as qualidades morais do seu comandante, o valente capitão Burton. Será que o senhor é parente do grande viajante de mesmo nome? Homem audaz!

— Senhor — redargüiu Mangles, — não sou parente do célebre Burton, e nem sequer o capitão Burton!

— Ah! — exclamou o desconhecido. — Então estou falando com o sr. Burdness, o imediato do *Scotia*?

— Sr. Burdness! — replicou John Mangles, que principiava a suspeitar da verdade.

Mas, estaria tratando com um louco ou com um distraído? Estava em dúvida quando a isso, e já ia começar um verdadeiro interrogatório, quando lorde Glenarvan, lady Helena e Mary Grant reapareceram na tolda. O estrangeiro logo os saudou:

— Ah! Passageiros! Passageiras! Espero que nos apresente, sr. Burdness — e adiantou-se com desembaraço, sem esperar pela intervenção de Mangles. — Senhor, senhoras!

— Lorde Glenarvan — disse então Mangles.

— Milorde — disse então o desconhecido, — peço-lhe desculpas por eu mesmo me apresentar, mas no mar é preciso deixar de lado um pouco a etiqueta. Espero que possamos nos tornar amigos logo, e a viagem do *Scotia*, em companhia destas senhoras, nos parecerá tão curta quanto agradável.

Lady Helena e a srta. Grant não sabiam o que responder, mesmo porque não entendiam a presença daquele estranho a bordo do *Duncan*.

— Senhor — disse então lorde Glenarvan, — com quem tenho a honra de falar?

— Sou Jacques-Eliacin-Françoi-Marie Paganel, secretário da Sociedade de Geografia de Paris; membro correspondente das Sociedades de Berlim, Bombaim, Darmstadt, Leipizig, Londres, Petersburgo, Viena e Nova Iorque; membro honorário do Instituto Real Geográfico e Etnográfico das Índias Orientais, que depois de ter passado vinte anos a fazer geografia no gabinete, resolveu entrar na ciência militante, dirigindo-se para a Índia, para aí ligar todos os trabalhos dos grandes viajantes.

7
DE ONDE VEIO E PARA ONDE VAI JACQUES PAGANEL

O secretário da Sociedade de Geografia era muito amável, porque tudo isto foi dito com muita graça. Demais, lorde Glenarvan sabia perfeitamente com quem estava tratando, o nome e os feitos de Jacques Paganel eram muito conhecidos; os seus trabalhos geográficos, os seus relatórios sobre as descobertas modernas inseridas nos boletins da Sociedade, a sua correspondência com o mundo inteiro, faziam dele um dos sábios mais distintos da França. Por tudo isso lorde Glenarvan estendeu cordialmente a mão ao seu inesperado hóspede.

— E agora que já nos apresentamos — acrescentou ele, — permita-me fazer-lhe uma pergunta, senhor Paganel.

— Até vinte perguntas, milorde — respondeu o francês, muito educadamente.

— Foi anteontem que chegou a bordo deste navio?

— Sim, milorde, por volta das oito da noite, e vim direto para o camarote número seis, que havia reservado ainda em Paris. A noite estava escura, e não vi ninguém à bordo. Sentindo-me cansado, e sabendo que para evitar o enjôo o melhor é ficar quieto no beliche durante os primeiros dias de viagem, meti-me na cama no mesmo instante, dormindo trinta e seis horas seguidas!

Estava explicado como Jacques Paganel havia aparecido a bordo. Enganando-se de navio, o viajante francês embarcara enquanto a tripulação do *Duncan* assistia à missa de despedida. Tudo se explicava. Mas, o que diria o sábio geógrafo quando soubesse o erro que tinha cometido?

— Quer dizer, senhor Paganel, que tomou Calcutá como ponto de partida para suas viagens?

— Sim, milorde. Ver a Índia é uma idéia que tenho afagado por toda a minha vida. É o meu maior sonho, que finalmente vou realizar!

— E o que o senhor acha em visitar outro país qualquer em primeiro lugar?

— Isso seria um inconveniente, milorde, porque levo recomendações para lorde Sommerset, o governador geral das Índias, e uma missão da Sociedade Geográfica que tenho interesse em cumprir.

— Ah, então tem uma missão?

— Sim, uma viagem útil e curiosa que tento, e cujo programa foi redigido pelo meu sábio colega e amigo sr. Vivien de Saint-Martin. Trata-se de seguir o rasto dos irmãos Schlaginweit, do coronel Waugh, de Webb, d´Hodgson, dos missionários Huc e Gabet, de Moorcrof, do sr. Jules Remy, e tantos outros viajantes célebres. Quero ser bem sucedido exatamente naquilo em que o missionário Krick falhou em 1846; em outras palavras, reconhecer o curso do Yarou-Dzangbo-Tchou, que banha o Tibet pelo espaço de mil e quinhentos quilômetros, lambendo a base setentrional do Himalaia, e saber se finalmente não se lança no Bramaputra ao nordeste do Assam. A medalha de ouro, milorde, é destinada ao viajante que conseguir desvendar assim um dos maiores mistérios da geografia das Índias.

Paganel estava tão exaltado, que era impossível detê-lo!

— Sr. Paganel — disse lorde Glenarvan, num intervalo que o explorador fez, — essa é certamente uma viagem magnífica, e pela qual a ciência geográfica muito lhe ficará reconhecida. Mas não posso prolongar seu erro por mais tempo, e ao menos por enquanto, terá que renunciar ao prazer de visitar a Índia!

— Renunciar? Por que?

— Estamos indo em direção oposta à península indiana!

— Como! Capitão Burton...

— Não sou o capitão Burton — redargüiu John Mangles.

— Mas este não é o *Scotia*?

— Não, este não é o *Scotia*!

O espanto de Paganel era indescritível. Olhou alternadamente para lorde Glenarvan, que mantinha-se muito sério, e então para lady Helena e Mary Grant, que exibiam um simpático pesar, e então para John Mangles, que sorria. Olhou finalmente para o major, que não movia sequer um músculo do rosto, e então, encolhendo os ombros e puxando os óculos da testa para os olhos, exclamou:

— Que piada!

Mas, neste momento, seu olhar deparou-se com a roda do leme onde havia um letreiro:

Duncan

Glasgow

— O *Duncan*! — exclamou, desesperado, antes de atirar-se pela escada do tombadilho, em direção ao seu camarote.

Assim que o desventurado sábio desapareceu, ninguém a bordo, exceto o major, conseguiu manter-se sério! Imagine-se só cometer-se tal engano: embarcar em direção ao Chile, quando se quer ir para a Índia!

— Isso não me admira, vindo da parte de Jacques Paganel — disse Glenarvan. — Ele é conhecido por semelhantes percalços, o que não o impede de ser um sábio muito ilustre, um dos melhores geógrafos da França!

— Mas o que vamos fazer com este pobre homem? Não podemos levá-lo para a Patagônia! — disse lady Helena.

— Por que não? — observou Mac-Nabs, com ar grave.

— Não somos responsáveis por sua distração. Se estivéssemos num trem, acreditam que ele iria mudar de rota só por causa disso?

— Não, mas ele poderia desembarcar na próxima estação — redargüiu lady Helena.

— Muito bem — acudiu lorde Glenarvan, — ele poderá desembarcar no primeiro porto que fundearmos!

Neste momento Paganel ressurgiu no tombadilho, triste e envergonhado, depois de haver verificado que sua bagagem encontrava-se a bordo. Andava de um lado para o outro, interrogando mudamente o horizonte do alto-mar. Finalmente voltou-se para lorde Glenarvan, e perguntou:

— Este *Duncan* dirige-se para?...

— Para a América, senhor Paganel.

— E mais particularmente?...

— Concepción.

— Para o Chile! Para o Chile! — exclamou o infeliz geógrafo. — E a minha missão nas Índias? O que dirão o sr. de Quatrefages, o presidente da comissão central! E o sr. de Azevac! E o sr. do Cortambert! E o sr. Vivien de Saint-Martin! Como me fazer representar nas sessões da Sociedade?

— Não se desespere, sr. Paganel, tudo se arranja — contemporizou lorde Glenarvan. — Tudo não passa de um pequeno atraso, e certamente o Yarou-Dzangbo-Tchou o estará esperando nas montanhas do Tibet. Logo chegaremos na Madeira, e lá o senhor encontrará um navio que o reconduza à Europa.

— Agradeço-lhe, milorde. Terei que resignar-me. Estas coisas só acontecem comigo! — e então, olhando em volta: — O *Duncan* é um iate de passeio?

— Sim, senhor, e pertence a lorde Glenarvan — informou John Mangles.

— E eu lhe ofereço minha hospitalidade — acrescentou o próprio Glenarvan.

— Mil agradecimentos, milorde — redargüiu Paganel. — Sinto-me honrado com sua cortesia, e gostaria de fazer-lhe uma observação. A Índia é um país maravilhoso, que oferece muitas surpresas aos seus visitantes. Certamente estas senhoras não o conhecem. Pois muito bem, bastaria dar-se uma guinada na direção, e o *Duncan* navegaria facilmente na direção de Calcutá. Ora, quando se está fazendo um passeio...

Os sinais negativos fizeram Paganel calar-se.

— Senhor Paganel — disse então lady Helena. — Esta não se trata de uma viagem de recreio, mas sim de uma grande missão: o *Duncan* irá reconduzir à pátria alguns náufragos abandonados nas costas da Patagônia, e não pode alterar um ponto de destino tão humanitário...

E em poucos minutos o francês foi posto a par de toda a história, comovendo-se com toda a situação.

— Senhora — disse então, — permita-me manifestar toda a admiração que sinto por seu procedimento. Que o iate continue na direção em que vai, porque eu seria o primeiro a me censurar se causasse a demora de um dia sequer!

— Gostaria de juntar-se a nós? — perguntou lady Helena.

— Impossível, senhora. Preciso cumprir minha missão, e portanto desembarcarei no primeiro porto em que fizerem escala...

— Então será na Madeira — disse John Mangles.

— Que seja! Dali irei direto para Lisboa, onde providenciarei transporte!

— Então, tudo resolvido, sinto-me honrado em oferecer-lhe hospitalidade a bordo do meu navio durante alguns dias — concluiu Glenarvan. — E espero que não se aborreça em nossa companhia!

— Oh, milorde, pelo contrário! Sinto-me feliz por ter-me enganado de modo tão agradável, apesar de ser bem ridícula a situação de um homem que, embarcando para a Índia, se vê indo na direção da América!

A despeito desta reflexão melancólica, Paganel resignou-se a uma demora que não podia evitar. Mostrou-se amável e alegre, encantando as damas pelo seu bom humor, e antes do findar do dia, já era estimado por todos. A seu pedido, o famoso documento foi-lhe mostrado. Estudou-o com atenção minuciosa, e achou bem provável a interpretação dada por lorde Glenarvan. E se não fosse a sua missão, iria também em busca do capitão Grant, o que arrancou um sorriso da jovem srta. Grant.

Quanto a lady Helena, quando soube que ela era filha de William Tuffnel, Paganel explodiu em interjeições de admiração. Conhera William Tuffnel, sábio arrojado, com quem trocara extensa correspondência! Que prazer conhecer e viajar com a filha de William Tuffnel! Paganel até pediu licença para dar um abraço em lady Helena, no que ela consentiu, apesar de achar um pouco impróprio!

8
UM EXCELENTE HOMEM
A MAIS NO *DUNCAN*

O iate, favorecido pelas correntes do norte da África, navegava rapidamente para o Equador. A 30 de agosto, avistaram a ilha da Madeira. Fiel à sua promessa, Glenarvan chamou Paganel, prometendo deixá-lo em terra.

— Meu caro lorde — redargüiu Paganel, — não farei cerimônia. Antes da minha aparição a bordo, o senhor tinha intenção de fazer escala na Madeira?

— Não — respondeu Glenarvan, com sinceridade.

— Nesse caso, permita-me tirar proveito da minha distração. A Madeira é uma ilha muito conhecida, não oferecendo nada de interessante a um geógrafo. Faria alguma diferença se o senhor fizer esta escala nas Canárias?

— Não haverá problema algum, já que isto não nos afastará do nosso rumo — respondeu o lorde.

— Muito bem, então. Nas Canárias há três grupos para se estudar, sem se falar no pico de Tenerife, que sempre desejei ver. E já que a oportunidade se apresenta, vou aproveitá-la!

— Como quiser, meu caro Paganel — respondeu Glenarvan, sorrindo.

No dia 31 de agosto, às duas horas da tarde, John Mangles e Paganel passeavam pelo tombadilho. O francês bombardeava o capitão com perguntas a respeito do Chile. De repente, Mangles o interrompeu, mostrando-lhe um ponto no horizonte:

— Olhe ali, sr. Paganel!

— Não estou vendo nada!

— É porque o senhor está olhando para o horizonte! Olhe mais para cima, para as nuvens!

— Continuo não vendo nada!

— Mas, com efeito! Mesmo estando distantes ainda cerca de 60 quilômetros, o pico do Tenerife é perfeitamente visível acima do horizonte.

— Ora, agora sim, eu estou vendo — respondeu Paganel, em tom desdenhoso. — É aquilo a que chamam pico de Tenerife?

— Exatamente.

— Parece ter uma altura medíocre.

— E, no entanto, está há mais de 3.300 metros acima do nível do mar.

— Ora, nem se compara ao Mont-Blanc!

— Talvez quando o senhor subir ao cume, o ache bastante elevado.

— Ora, subir, subir! Meu caro capitão, para que, depois que os srs. Humboldt e Bonplan já o fizeram? Humboldt era um grande gênio! Escalou esta montanha, dando uma descrição tão completa, que nada deixa a desejar. Reconheceu-lhe cinco zonas: a dos vinhos, a dos loureiros, a dos pinheiros, a das urzes alpinas, e finalmente a zona estéril. Ele pôs o pé no cume do pico, porque lá não tinha espaço nem para se sentar. Do alto da montanha, abrangia com a vista uma área igual à quarta parte da Espanha. Em seguida visitou as entranhas do vulcão, chegando ao fundo de sua cratera extinta. O que quer que eu faça, depois que este homem fez tudo, eu lhe pergunto!

— Com efeito — respondeu Mangles, — nada restou a ser feito. É uma pena, porque o senhor vai se aborrecer muito então, esperando um navio no porto de Tenerife. Ali não existem muitas distrações.

— Mas as ilhas de Cabo Verde não são pontos de escala importantes?

— Certamente. O senhor não encontrará dificuldades em embarcar na Vila da Praia.

— Sem falar que, e isto é algo que não se despreza, as ilhas de Cabo Verde ficam perto do Senegal, onde hei de achar compatriotas. Sei muito bem que este grupo é pouco interessante, mas aos olhos do geógrafo, tudo oferece curiosidade. Ver é uma ciência. Há muita gente que não sabe ver, viajando com tanto inteligência quanto um crustáceo. Eu não sou assim.

— Tenho certeza disso, sr. Paganel — redargüiu Mangles, — assim como tenho certeza que a ciência geográfica há de ganhar muito com a sua permanência nas ilhas de Cabo Verde. E como iremos reabastecer nosso suprimento de combustível lá, o seu desembarque não nos causará atraso algum na viagem.

E dito isto, o capitão mudou o rumo, de modo que passasse a oeste das Canárias; o célebre pico foi deixado a bombordo e o *Duncan*, continuando na sua excelente velocidade, passou o trópico de câncer a 2 de setembro, pelas cinco horas da manhã. O tempo mudou então, já que era a estação chuvosa, penosa para os viajantes. O mar, muito revolto, impediu que os viajantes pudessem ficar sobre a coberta, mas a conversa na câmara nem por isso deixou de ser animada.

No dia 3 de setembro Paganel reuniu sua bagagem, esperando o desembarque. O *Duncan* navegava entre as ilhas de Cabo Verde, verdadeiro areal, estéril e desolado; depois de ter costeado vastos bancos de coral, achou-se próximo da ilha de S. Tiago, atravessada de norte a sul por uma grande cordilheira de montanhas basálticas, e terminada nos extremos por dois elevados morros. Em seguida, Mangles aproou na Vila da Praia, e dentro em pouco estava ali ancorado. O tempo estava terrível, e a ressaca violenta. Caía uma chuva torrencial, que apenas deixava entrever a cidade edificada sobre uma planície em forma de terraço, firmado em contrafortes de rochas vulcânicas bem altas. O aspecto da cidade, através deste espesso lençol de água, era consternador.

Lady Helena não pôde realizar o seu projeto de visitar a ilha, e o embarque de carvão realizava-se com grande dificuldade. Os passageiros do *Duncan* viram-se presos no tombadilho, enquanto mar e céu misturavam suas águas com indescritível confusão. Como era natural, o mau tempo foi o tema das conversas de bordo. Paganel andava de um lado para outro, abanando a cabeça.

— É de propósito — dizia ele.

— De fato — redargüiu Glenarvan, — os elementos declaram-se contra o senhor.

— Mas vou vencê-los!

— Não se pode enfrentar esta chuva — disse lady Helena.

— Eu posso muito bem, senhora. Não tenho receios por mim, mas por causa dos meus instrumentos. Ficará tudo perdido.

— O que há para se recear é o desembarque — esclareceu Glenarvan. — Uma vez na Vila da Praia, não ficará mal acomodado. Mas o senhor terá que esperar cerca de sete ou oito meses para que possa embarcar para a Europa.

— Sete ou oito meses! — exclamou Paganel, incrédulo.

— Pelo menos. As ilhas de Cabo Verde são pouco freqüentadas pelos navios durante a estação das chuvas. Mas certamente o senhor empregará o seu tempo de modo útil. Este arquipélago é ainda pouco conhecido. Seja em topografia, climatologia, etnografia ou isometria, há muito a se fazer!

— Terá rios a reconhecer — disse lady Helena.

— Não há rios, milady.

— Nada, nem grandes correntes?

— Nada.

— Bem — disse o major, — sempre haverá as florestas!

— Para fazer florestas são preciso árvores, e não temos árvores aqui!

— Bonito país! — ponderou o major.

— Console-se, meu caro Paganel — contemporizou Glenarvan. — Ao menos terá montanhas.

— Oh! Pouco elevadas e pouco interessantes, milorde. E além do mais, este trabalho já foi feito. Se nas Canárias me achava em presença dos trabalhos de Humboldt, aqui fui precedido por um geólogo, o sr. Charles Saint-Claire Deville!

— Será possível!

— Não duvide — redargüiu Paganel, magoado. — Esse sábio achava-se a bordo do *Décidée*, quando este aportou em Cabo Verde. Foi ele quem visitou o cume mais interessante do grupo, o vulcão da ilha do Fogo. O que fazer depois dele?

— É realmente uma lástima — disse lady Helena. — O que vai ser do senhor?

Paganel ficou em silêncio durante algum tempo.

— Melhor seria ter desembarcado na Madeira. Lá pelo menos há fartura de vinho — disse Glenarvan.

— Eu esperaria — disse o major. — Eu esperaria.

— Onde tenciona fazer nova escala, Glenarvan — replicou então Paganel, quebrando o silêncio.

— Agora, só em Concepción.

— Demônios! Isso me afasta bastante das Índias.

— Nada. A partir do momento em que se transpõe o cabo Horn, aproxima-se delas.

— De fato.

— Além disso — prosseguiu Glenarvan, com ar muito sério, — quando uma pessoa vai às Índias, quer sejam orientais, quer sejam ocidentais, isso pouco importa!

— Sem contar que os habitantes dos pampas da Patagônia têm tanto de índios como os indígenas do Pendjaub.

— Ah! Com efeito, milorde — exclamou Paganel, — eis uma razão que eu não seria capaz de imaginar.

— E depois, meu caro Paganel, pode-se ganhar a medalha de ouro em qualquer lugar, já que há algo há ser feito em todas as partes, basta procurar, descobrir, quer seja nas Cordilheiras, quer seja nas montanhas do Tibete.

— Mas, e o curso do Yarou-Dzangbo-Tchou?

— Substitua-o pelo rio Colorado! É um rio pouco conhecido, e que nos mapas corre um tanto ao capricho dos geógrafos.

— Exatamente. Temos nesta parte erros de muitos graus! Ora, se tivesse pedido, a Sociedade Geográfica teria me enviado para a Patagônia, do mesmo modo que me enviou às Índias. Mas nem pensei nisso.

— Efeito da sua peculiar distração.

— Então, o senhor Paganel irá nos acompanhar? — disse lady Helena, com sua voz mais insinuante.

— Senhora, e minha missão?

— Previno-o que passaremos pelo estreito de Magalhães — redargüiu Glenarvan.

— Milorde, é tentador.

— E também vamos visitar o Porto da Fome!

— Oh, Port-Famine — exclamou o francês, — assaltado por todos os lados, esse porto célebre nos registros geográficos!

— E o melhor, senhor Paganel — lembrou lady Helena. — Nesta empresa, o senhor terá o direito de associar o nome da França ao da Escócia!

— Sim, decerto.

— Um geógrafo pode ser muito útil à nossa expedição, e o que haverá de mais belo do que pôr a ciência ao serviço da humanidade? E acredite-me, tudo isto não passa de uma obra da Providência. Ela mandou-nos este documento, e nós partimos. Foi também ela quem o trouxe à bordo do *Duncan*. Não o abandone.

— Então, vocês querem que eu fique, meus amigos? — perguntou Paganel, satisfeito.

— E acho que o meu caro Paganel também deseja ficar — exclamou lady Helena.

— Muito, mas receava ser indiscreto! — exultou o sábio.

9
O ESTREITO DE MAGALHÃES

A alegria a bordo foi geral, quando se soube da resolução de Paganel. O jovem Robert abraçou-o efusivamente, e quase derrubou o digno sábio, que comprometeu-se em ensinar ao rapaz noções de geografia.

Mary Grant sentia-se grata a tantos mestres, que deveriam fazer de Robert um cavalheiro perfeito: Mangles encarregava-se de fazê-lo marinheiro; Glenarvan incutia-lhe lições de moral elevada; o major ensinava-o a ter sangue frio diante de qualquer situação, e lady Helena era uma criatura tão boa e generosa, que espalhava o bem por onde estivesse.

O *Duncan* terminou rapidamente o carregamento de carvão, em seguida, deixando estas tristes paragens, navegou a todo pano para o ocidente, a fim de alcançar a corrente da costa do Brasil, e a 7 de setembro, depois de ter passado o Equador, impelido por um bom vento, entrou no hemisfério Sul.

A viagem transcorria sem incômodos, e todos estavam esperançosos. Nesta expedição em busca do capitão Grant, a soma de probabilidades parecia aumentar todos os dias. Um dos mais confiantes era o capitão. Mas esta confiança era decorrência principal do seu desejo veemente de ver Mary Grant feliz e satisfeita. Tinha um interesse muito particular pela jovem, e tão bem ocultou este sentimento que, exceto ele e Mary Grant, todos a bordo do *Duncan* o descobriram.

Quanto a Paganel, era talvez o homem mais feliz do hemisfério sul; passava os dias a estudar os mapas com que cobria a mesa

O Duncan *navegou para o ocidente, a fim de alcançar a corrente da costa do Brasil.*

da câmara, o que propiciava grandes discussões com o sr. Olbinett, que não podia pôr os talhares. Porém, Paganel tinha a seu favor todos os freqüentadores do tombadilho, menos o major, a quem estas questões geográficas pouco interessavam, principalmente à hora do jantar. Além disso, tendo descoberto uma grande coleção de livros nos baús do imediato, e entre eles um certo número de obras espanholas, Paganel resolveu aprender a língua de Cervantes, que ninguém sabia a bordo. O conhecimento desta língua devia facilitar as pesquisas no litoral chileno, e o sábio tinha esperanças de estar dominando o espanhol antes de chegar a Concepción, estudando aplicadamente.

Durante suas horas de lazer, não se esquecia de instruir o jovem Robert, ensinando-lhe a história das costas das quais o *Duncan* se aproximava tão rapidamente.

Em 10 de setembro, encontravam-se na altura de 5° 37' de latitude e 31° 15' de longitude, e Paganel contava a história da América. Para chegar aos grandes navegadores, cujo caminho o iate então seguia, retrocedeu até Cristóvão Colombo; e afinal o sábio concluiu, dizendo que o célebre genovês morrera sem saber que tinha descoberto um mundo novo.

Todo o auditório protestou, mas Paganel persistiu na sua afirmativa.

— Não há duvidas quanto a isto — acrescentou. — Não quero diminuir a glória de Colombo, mas o fato está provado. No fim do século XV só havia uma preocupação: facilitar as comunicações com a Ásia, e procurar o oriente pela via do ocidente; numa palavra, ir pelo caminho mais curto para "o país das especiarias". Foi o que Colombo tentou. Fez quatro viagens; abordou as costas americanas de Cumana, Honduras, Mosquitos, Nicarágua, Verágua, da Costa Rica, do Panamá, que tomou pelas terras do Japão e China. Morreu sem ter percebido a existência do grande continente, ao qual nem sequer legaram o seu nome!

— Mas, então, quem descobriu a verdade a respeito das descobertas de Colombo? — perguntou Glenarvan.

— Os seus sucessores: Ojeda, que o tinha acompanhado em suas viagens, Vicente Pinzón, Américo Vespúcio, Mendoza, Bastidas, Cabral, Solis e Balboa. Estes navegadores percorreram as costas orientais da América, determinaram-lhe os limites descendo para o sul, levados também, trezentos anos antes de nós, pela mesma corrente que nos arrasta! Vejam, meus amigos, passamos o Equador no mesmo ponto onde Pinzón o passou no último ano do século XV, e aproximando-nos do oitavo grau de latitude austral, sob o qual ele abordou às costas do Brasil. Um ano depois, o português Cabral desceu em Porto Seguro. Em seguida Vespúcio, na sua terceira expedição em 1502, avançou ainda mais para o sul. Em 1508, Vicente Pinzón e Solis associaram-se para efetuar o reconhecimento das costas americanas, e em 1514 Solis descobriu a embocadura do Rio da Prata, onde foi devorado pelos indígenas, deixando a Magalhães a glória de viajar em volta de todo o continente. Este grande navegador português, em 1519, partiu com cinco navios, seguiu as costas da Patagônia, descobriu o porto Désiré, o porto San Julian, onde fez grandes paragens, achou a cinqüenta e dois graus de latitude o estreito das Onze Mil Virgens, que havia de vir a ter o seu nome, e em 28 de novembro de 1530 desembocou no oceano Pacífico. Ah! Que alegria ele deve ter sentido, que comoção, quando viu um novo mar cintilar sob os raios de sol!

— Sim, senhor Paganel — exclamou Robert Grant, entusiasmado com as palavras de Paganel, — eu também gostaria de estar lá!

— Eu também, meu rapaz! Eu também! E continuando, o reconhecimento da costa ocidental é devido aos dois irmãos Pizarro. Estes ousados aventureiros foram notáveis fundadores de cidades. Cuzco, Quito, Lima, Santiago, Vila Rica e Concepción, para onde estamos indo. Nesta época, as descobertas de Pizarro ligaram-se às de Magalhães, e o delineamento das costas americanas figurou nos mapas, com grande satisfação dos sábios do velho mundo.

— Mas eu não ficaria satisfeito — disse Robert.

— Por que? — perguntou Mary, satisfeita em ver seu irmão interessar-se tanto pelo assunto.

— Porque eu iria querer saber o que havia além do estreito de Magalhães.

— Bravo, meu amigo! — redargüiu Paganel. — Eu também iria querer saber se o continente se prolongava até ao pólo, ou se existia um mar livre, como supunha Drake, um dos seus compatriotas, milorde. Mas isso só ocorreu com Shouten e de Lemaire, dois holandeses muito curiosos em conhecerem a explicação deste enigma geográfico.

— Eram sábios? — perguntou lady Helena.

— Não, mas arrojados comerciantes, a quem o lado científico das descobertas pouco importava. Existia então uma companhia holandesa nas Índias Orientais, que tinha direito absoluto sobre todo o comércio que se fazia pelo estreito de Magalhães. Ora, como naquela época não se conhecia outra passagem para a Ásia, tal privilégio era um verdadeiro monopólio. Alguns negociantes quiseram lutar contra isto, tratando de descobrir outra passagem, e entre eles estava um tal de Isaac Lemaire, homem inteligente e instruído. Custeou uma expedição comandada por seu sobrinho, Jacob Lemaire e Shouten, marinheiro natural de Horn. Estes arrojados navegadores partiram no mês de junho de 1615, quase um século depois de Magalhães; descobriram o estreito de Lemaire, entre a Terra do Fogo e a Terra dos Estados, e em 12 de fevereiro de 1616 dobraram o famoso cabo Horn, que mais que o seu irmão, o cabo da Boa Esperança, mereceria que o chamassem cabo das Tormentas!

— Nossa! Gostaria de estar lá! — exclamou Robert.

— E teria tido fortes emoções — replicou Paganel, animado. — Existirá satisfação maior, prazer mais real do que o do navegador que aponta as suas descobertas na carta de bordo? Vê as terras irem formando-se aos poucos, ilha por ilha, promontório por promontório, e, por assim dizer, saírem das águas! A princípio as linhas são vagas, cortadas, interrompidas! Aqui um cabo solitário, além uma baía isolada, mais longe um golfo perdido no espaço. Em seguida as descobertas completam-se, as linhas ligam-se, o pontilhado dá lugar ao traço! Ah, meus amigos, quem descobre terras é um verdadeiro inventor, tendo as mesmas emoções e surpresas! Mas, atualmente, estas emoções estão quase que esgotadas! Tudo já foi visto, reconhecido, e em matéria de continentes ou novos mundos, tudo já foi descoberto! Pobre de nós, que aparecemos na ciência geográfica agora. Nada nos restou para fazer!

— Temos sim, meu caro Paganel — replicou lorde Glenarvan.

— O que, então?

— O que estamos fazendo.

O *Duncan* deslizava pelo caminho de Vespúcio e Magalhães com maravilhosa rapidez. No dia 15 de setembro transpôs o trópico de Capricórnio e dirigiu-se ao célebre estreito. As costas pouco elevadas da Patagônia já começavam a aparecer.

No dia 25 de setembro, o *Duncan* achava-se próximo do estreito de Magalhães, por onde entrou, sem hesitar. Esta via é a preferida por navios a vapor que seguem o rumo do Pacífico. O seu comprimento é de cerca de 900 quilômetros; os navios de maior tonelagem acham em toda a sua extensão uma boa profundidade, abundância em pesca, florestas ricas em caça, mais de vinte ancoradouros seguros e acessíveis, enfim, milhares de recursos que faltam no estreito de Lemaire e nos terríveis rochedos do cabo Horn, incessantemente varridos por tempestades e furacões.

Durante as primeiras horas da navegação, isto é, numa extensão de 150 a 200 quilômetros, até o cabo Gregory, as costas são baixas e arenosas. Jacques Paganel não queria perder nem um ponto de vista, nem o mais pequeno acidente do estreito. A passagem devia durar trinta e seis horas apenas, e aquele panorama móvel das duas margens valia a pena. Nenhum habitante foi avistado nas terras do norte; apenas alguns da Terra do Fogo vagueavam pelos escavados rochedos da ilha.

Paganel lastimou não poder ver patagões:

— Uma Patagônia sem patagões, não é Patagônia!

— Paciência, meu caro, vamos vê-los — replicou Glenarvan.

— Não tenho certeza disso.

— Mas eles existem! — replicou lady Helena.

— Duvido muito, porque não os vejo, senhora.

— Em todo caso, o nome de patagões, que significa pés grandes, não foi dado a seres imaginários!

— Oh! O nome nada significa — retorquiu Paganel, somente para animar a discussão. — E, para dizer a verdade, não se sabe como eles se chamam!

— Ora essa! — exclamou Glenarvan. — Sabia disto, major?

— Não — respondeu o major, — nem dava uma libra escocesa para o saber.

— Pois vai sabê-lo, major! Se Magalhães chamou de patagões aos indígenas deste país, os habitantes da Terra do Fogo chamam-lhes Tiremenen, os chilenos Caucalhues, os colonos de Carmen Tehuelchas, os araucânios Huilichas, Bougainville dá-lhes o nome de Chaouha, e Faulkner de Tehuelhetas! Eles mesmos chamam-se de Inaken! Como querem que entendamos um povo que tem tantos nomes?

— Isso é uma verdade — replicou lady Helena.

— Muito bem — disse Glenarvan. — Mas, se o nosso amigo Paganel se diz em dúvida a respeito do nome de patagão, há pelo menos de ter certeza quanto a sua estatura!

— Não esteja tão certo!

— Eles são altos? — disse Glenarvan.

— Ignoro.

— São baixos? — perguntou lady Helena.

— Ninguém pode afirmar.

— Então, são de estatura mediana? — disse Mac-Nabs, que tudo fazia para conciliar.

— Também não sei!

— Isso já é demais! — exclamou Glenarvan. — Os viajantes que os têm visto...

— Os geógrafos que os têm visto não se entendem uns com os outros — replicou Paganel. — Magalhães diz que batia na cintura de um patagão.

— Então?

— Já Drake diz que os ingleses são mais altos que o mais alto patagão!

— Oh, os ingleses... — disse o major desdenhosamente. — Se ainda se tratasse dos escoceses!

— Cavendish afirma que são altos e robustos — prosseguiu Paganel. — Hawkins já os descreve como gigantes. Lemaire e Shouten dão-lhes mais de 3 metros de altura.

— Bravo! Aí temos pessoas dignas de crédito — disse Glenarvan.

— Tão dignas de crédito quanto Wood, Narborough e Falkner, que lhes deram uma estatura mediana. É verdade que Byron, Giraudais, Bougainville, Wallis e Carteret dizem que os patagões têm 2.15 metros.

— Mas então, qual é a verdade?

— A verdade, senhora — respondeu Paganel, — é esta. Os patagões têm as pernas curtas e o busto desenvolvido. Pode-se dizer então, como um gracejo, que têm 2 metros quando estão sentados e 1.5 metros quando estão em pé!

— Ora, ora! — exclamou Glenarvan.

— Há não ser que eles não existam, o que poria todos de acordo. Mas, para concluir, meus amigos, acrescentarei a seguinte e consoladora observação: o estreito de Magalhães é magnífico, até sem patagões!

Naquele momento, por entre dois panoramas esplêndidos, o *Duncan* costeava a península de Brunswick. Cem quilômetros além do cabo Gregory, deixou a estibordo a penitenciária de Punta Arena. As águas do estreito corriam entre massas graníticas de soberbo efeito; as montanhas escondiam a base sob um tapete de florestas, ocultando nas nuvens as cumeadas embranquecidas por neves eternas. A sudoeste, o monte Tarn erguia-se a dois mil metros acima do solo. A noite finalmente caiu, e o céu recobriu-se de estrelas brilhantes, e o Cruzeiro do Sul indicou aos navegadores o rumo do pólo Sul. No meio daquela escuridão luminosa, a claridade dos astros fazia às vezes de faróis das costas civilizadas e o iate prosseguia audaciosamente na sua rota, sem abordar baías tão acessíveis. Dentro em pouco surgiram diversas ruínas, às quais a noite dava aspecto grandioso, tristes restos de uma colônia abandonada, cujo nome protestará contra a fertilidade daquelas costas e a riqueza daquelas florestas abundantes em caça. O *Duncan* passava em frente ao Porto da Fome.

Foi neste local que o espanhol Sarmento, em 1581, veio estabelecer-se com quatrocentos emigrados. Ali fundou a cidade de São Felipe. O frio rigoroso dizimou a colônia, e a fome deu cabo dos poucos que o inverno poupara. Em 1587 o corsário Cavendish encontrou o último dos quatrocentos desgraçados morrendo de fome, entre as ruínas de uma cidade velha de seis séculos, após seis anos de existência.

O *Duncan* costeou aquelas margens desertas, e ao romper do dia navegava por estreitos canais, entre florestas de faias, freixos e vidoeiros, do meio dos quais emergiam verdejantes domos, morros cobertos de vigorosos azevinhos, e picos agudos entre os quais o obelisco de Backland se elevava a grande altura. Passou em frente à baía de S. Nicolau, outrora baía dos Franceses, assim apelidado por Bougainville; ao longe, avistavam-se cardumes de focas e baleias. Afinal dobrou o cabo Froward, ainda coberto pelo gelo do último inverno. Do outro lado do estreito, na Terra do Fogo, elevava-se a mais de 2000 metros de altura o monte Sarmento, enorme agregação de rochas, separadas por camadas de nuvens, e que formavam no céu uma espécie de arquipélago aéreo.

É no cabo Froward que termina verdadeiramente o continente americano, porque o cabo Horn é apenas um rochedo perdido no meio do mar, à 56° de latitude.

Para além deste ponto, o estreito diminui em largura, entre a península de Brunswick e a Terra da Desolação, comprida ilha que se estende entre milhares de ilhotas. Que diferença esta extremidade da América, tão irregular e recortada, e os extremos regularmente contornados da África, Austrália ou das Índias! Que desconhecido cataclismo pulverizaria aquele imenso promontório lançado em meio dos dois oceanos?

Às margens férteis seguia-se uma série de costas áridas, de aspecto selvagem, chanfradas pelos inúmeros canais daquele labirinto. O *Duncan* seguia aquelas caprichosas sinuosidades sem hesitar, sem diminuir o andamento, pela frente de algumas benfeitorias espanholas estabelecidas naquelas praias abandonadas. No cabo Tamar, o estreito tem uma largura: o iate colocou-se ao largo para tornear a costa escarpada das ilhas Narborough, e aproximou-se das margens do sul. Afinal, trinta e seis horas depois de haver entrado no estreito, viu surgir o rochedo do cabo Pilares, na extremidade da Terra da Desolação. Um mar imenso, livre, cintilante, estendia-se em frente da sua roda de proa, e Jacques Paganel, saudando-o com um gesto entusiástico, sentiu-se comovido como o próprio Fernão de Magalhães se sentiu no momento em que o *Trinidad* se inclinava ao sopro das brisas do oceano Pacífico.

10

O TRIGÉSIMO SÉTIMO PARALELO

Oito dias depois de dobrar o cabo Pilares, o *Duncan* entrava a todo vapor na baía de Talcahuano, magnífico esteiro de 20 quilômetros de comprimento e 15 de largura. O tempo estava admirável. Naquele céu não aparece uma nuvem de novembro a março, e o vento sul sopra invariavelmente ao longo das costas abrigadas pela cordilheira dos Andes. Seguindo as ordens de lorde Glenarvan, John Mangles navegou sempre próximo ao arquipélago de Chiloé e dos inumeráveis pedaços de todo o continente americano. Quaisquer destroços de naufrágio, qualquer sinal, por menor que fosse, da presença humana, poderia servir para pôr o *Duncan* no rasto dos náufragos; mas eles nada viram e o iate continuou sua viagem, fundeando o porto de Talcahuano, quarenta e dois dias depois de ter deixado as paragens do Clyde.

No mesmo instante lorde Glenarvan mandou lançar a canoa ao mar, e seguido de Paganel, desembarcou ao pé da estacada. O sábio geógrafo, aproveitando-se da ocasião, quis fazer uso da língua espanhola, que tão conscienciosamente estudara; mas para sua grande admiração, não se pôde fazer compreender pelos indígenas.

— Falta-me a pronúncia — disse ele.

— Vamos até a alfândega — redargüiu lorde Glenarvan.

Ali lhe disseram, por meio de algumas palavras inglesas acompanhadas de gestos expressivos, que o cônsul residia em Concepción. Era uma jornada de uma hora. Glenarvan encontrou facilmente dois cavalos ligeiros, e pouco tempo depois os dois viajantes franqueavam os muros daquela grande cidade, que devia a existência ao gênio empreendedor do grande Valdívia, o valente companheiro dos Pizarros.

O quanto tinha perdido do seu antigo esplendor! Saqueada muitas vezes pelos indígenas, incendiada em 1819, desolada, arruinada, com os muros ainda enegrecidos pelas chamas da devastação, eclipsada já por Talcahuano, contava apenas oito mil habitantes. Sob os passos indolentes dos moradores, as ruas transformavam-se em prados. Não havia comércio, a atividade era nula, os negócios impossíveis. Em cada varanda soava o bandolim; através das gelosias ouviam-se lânguidas canções, e Concepción, a antiga cidade dos homens, tornara-se uma cidade de mulheres e de crianças.

Glenarvan mostrou pouco desejo de investigar as causas daquela decadência, apesar de Paganel inquirir a respeito, e sem perda de tempo, dirigiu-se à casa de J. R. Bentock, cônsul de Sua Majestade Britânica, que o recebeu muito atenciosamente, encarregando-se, assim que soube da história do capitão Grant, de tirar informações em todo o litoral.

Quanto ao fato do *Britannia* ter ido até as costas do Chile ou da Araucânia, na direção do paralelo trinta e sete, isto foi resolvido negativamente. Nenhuma informação a este respeito chegara ao conhecimento do cônsul, nem de seus colegas das outras nações. Glenarvan não desanimou. Voltou para Talcahuano e não poupou nem diligências, nem passos, nem dinheiro, e enviou agentes a todas aquelas costas. Pesquisas infrutíferas! As investigações mais minuciosas a que se procederam nas povoações do litoral não deram resultado. Não tiveram outro remédio senão concluir que a *Britannia* não deixara vestígio algum do seu naufrágio.

Glenarvan informou então aos companheiros o insucesso de suas indagações. Mary e Robert Grant não puderam evitar o desaponto. Havia já seis dias que o *Duncan* chegara a Talcahuano, e os passageiros achavam-se reunidos no tombadilho. Lady Helena consolava-os não com palavras, mas com carícias. Paganel tornara a pegar o documento, contemplando-o com profunda atenção, como se quisesse lhe arrancar novos segredos. Havia uma hora que o estava examinando, quando Glenarvan, interpelando-o, lhe disse:

— Paganel, confio em sua sagacidade. Teríamos interpretado de forma errada este documento? Estamos enganados com relação ao local do desastre? Acaso a palavra *patagônia* não salta aos olhos, mesmo os menos perspicazes? E a palavra *índio*, não vem também a nos dar razão?

— Claro que sim! — redargüiu Mac-Nabs.

— E não é evidente que os náufragos, no momento em que escreviam estas linhas, esperavam ficar prisioneiros dos índios?

Paganel, que até então mantivera-se calado, por fim se pronunciou:

— Aí tenho minhas dúvidas, meu caro lorde. Se as outras conclusões são justas, a última, pelo menos, não me parece racional.

— O que quer dizer? — perguntou lady Helena, enquanto todos os olhares se voltavam para o sábio.

— Quero dizer — respondeu Paganel, acentuando as palavras, — que o capitão Grant *está agora prisioneiro dos índios*, e acrescentarei que o documento não oferece dúvidas sobre essa situação.

— Explique-se, senhor — disse a srta. Grant.

— Nada mais fácil, minha querida Mary. Em lugar de ler no documento *ficarão prisioneiros*, leiamos *ficam prisioneiros*, e tudo se esclarece.

— Mas isso é impossível! — redargüiu Glenarvan.

— Impossível porque, meu nobre amigo? — perguntou Paganel, sorrindo.

— Porque a garrafa não pode ter sido lançada ao mar senão no momento em que o navio se despedaçava contra os rochedos. Daí que os graus de latitude e longitude são relativos ao próprio local do naufrágio.

— Não há nada que prove isso — replicou Paganel com vivacidade, — e não vejo motivo para que os náufragos, depois de terem sido levados para o interior pelos índios, não se esforçassem por fazer conhecer o local do seu cativeiro por meio desta garrafa.

— Há um motivo muito simples, meu caro Paganel, porque, para lançar uma garrafa ao mar, é preciso pelo menos que o mar esteja à mão.

— Ou, na falta do mar — replicou Paganel, — nos rios que vão desaguar nele!

O silêncio causado pelo assombro acolheu esta resposta inesperada e, contudo admissível. Ao ver a animação que brilhou como relâmpago no olhar de todos os ouvintes, Paganel compreendeu que cada qual se apegava a uma nova esperança. Lady Helena foi a primeira a retomar a conversa:

— Que idéia!

— E que boa idéia! — acrescentou Paganel, ingenuamente.

— Então, o seu parecer?... — perguntou Glenarvan.

— O meu parecer é procurar o paralelo trinta e sete no ponto em que corta a costa americana, e segui-lo, sem nos afastarmos sequer um grau, até ao ponto onde atravessa o Atlântico. Talvez no seu decurso, encontremos os náufragos da *Britannia*.

— Fraca probabilidade — observou o major.

— Por mais fraca que seja, não devemos desprezá-la. Se eu por acaso tiver razão quando digo que a garrafa chegou ao mar trazida pela corrente de um dos rios que banham este continente, não podemos deixar de dar com o rasto dos prisioneiros. Vejam, meus amigos, vejam o mapa deste país, e vou convencê-los disto! — exclamou Paganel, enquanto estendia sobre a mesa um mapa do Chile e das províncias argentinas. — Sigam-me neste passeio através do continente

73

americano. Transponhamos a costa estreita do Chile. Atravessemos a cordilheira dos Andes. Desçamos ao meio dos Pampas. Faltam rios, confluentes e correntes nesta região? Não! Eis aqui o rio Negro, eis o rio Colorado, eis os seus afluentes cortados pelo 37º de latitude, os quais todos podem ter servido de transporte ao documento. Aqui, talvez no seio de uma tribo, nas mãos de índios sedentários, nas margens destes rios pouco conhecidos, nos desfiladeiros das Sierras, aqueles a quem tenho direito de chamar nossos amigos, aguardam uma intervenção providencial. Devemos negar-lhes esta esperança? Não concordam que se siga através destes países na linha rigorosa que o meu dedo traça no mapa, e se, em contradição com todas as previsões, mais uma vez me engano, não é nosso dever subir até à extremidade do paralelo trigésimo sétimo, e, se tanto for preciso para encontrarmos os viajantes, dar uma volta ao redor do mundo, seguindo sempre este paralelo?

Estas palavras, tão exaltadas, produziram uma profunda comoção entre os ouvintes de Paganel. Todos se levantaram para apertar-lhe a mão.

— Sim! Meu pai está ali! — exclamou Robert, devorando o mapa com os olhos.

— E vamos conseguir achá-lo, meu filho — redargüiu lorde Glenarvan. — Nada mais lógico que a interpretação de Paganel, e devemos, sem hesitar, seguir o caminho que ele nos traça. Ou o capitão Grant se acha em poder de numerosos índios, ou prisioneiro de uma tribo fraca. Neste último caso, vamos libertá-lo! Se ocorrer a primeira hipótese, iremos até Buenos Aires, e ali, um destacamento organizado pelo major Mac-Nabs levará a melhor contra todos os índios das províncias argentinas.

— Bem, bem, milorde! — exclamou Mangles. — Devo acrescentar que a passagem através do continente americano será tranqüila.

— Certamente! — concordou Paganel. — Quantos já não realizaram esta travessia, sem dispor dos meios que dispomos, e cuja coragem não era estimulada por tão grandiosa empresa! Em 1782 um tal Basílio Vilarmo não foi desde Carmen até às Cordilheiras? Em 1806 um chileno, alcaide da província de Concepción, D. Luiz de la Cruz, tendo partido de Autuco, não seguiu exatamente o trigésimo sétimo grau, e atravessando os Andes, não chegou a Buenos Aires, depois de um trajeto realizado em quarenta dias? Finalmente, o coronel Garcia, o sr. Alcides d´Orbigny, e o meu ilustre colega, o doutor Martin de Moussy, não percorreram esta região em todos os sentidos, fazendo pela ciência o que nós agora fazemos pela humanidade?

— Senhor — exclamou Mary Grant, com voz alterada pela comoção, — como poderemos manifestar o nosso reconhecimento por tal ato de dedicação, que o expõe a tantos perigos?

— Perigos? — exclamou Paganel. — Quem pronunciou a palavra *perigo*?

— Não fui eu! — acudiu Robert Grant, com olhar decidido.

— Perigos! — repetiu Paganel. — Isto é coisa que exista? Além disso, do que é que se trata? De uma viagem de dois mil quilômetros apenas, pois iremos em linha reta, de uma viagem que se realizará sob uma latitude equivalente à da Espanha, da Sicília, da Grécia no outro hemisfério, e por conseguinte sob um clima quase idêntico, de uma viagem, em suma, que durará, se muito, um mês! É um passeio!

— Senhor Paganel — perguntou lady Helena, — acha que se os náufragos caíram em poder dos índios, a sua existência foi respeitada?

— Acho que sim, milady! Os índios não são antropófagos! Um compatriota meu, o sr. Guinnard, esteve por três anos prisioneiro dos índios dos Pampas. Padeceu muito, foi maltratado, mas afinal saiu vitorioso daquela provação. Um europeu é um indivíduo muito útil nestas regiões; os índios conhecem-lhe o valor e cuidam dele como de um animal de estimação.

— Não há porque hesitarmos — disse Glenarvan. — Que direção devemos seguir?

— Uma direção cômoda e agradável — respondeu Paganel. — A princípio algumas montanhas, depois um suave declive na vertente oriental dos Andes, e afinal uma planície igual, relvosa, arenosa, um verdadeiro jardim.

— Vejamos o mapa — disse o major.

— Ei-lo, caro Mac-Nabs. Iremos tomar a extremidade do paralelo trinta e sete, entre a ponta Rumena e a baía de Carnero. Depois de atravessar a capital da Araucania, transporemos a Cordilheira pela passagem do Antuco, deixando ao sul o vulcão; em seguida, descendo os declives extensos das montanhas, transpondo o Neuquem, o rio Colorado, atingiremos os Pampas, o Salinas, o rio Guamini, a serra Tapalquen. Neste ponto iremos nos deparar com as fronteiras da província de Buenos Aires. Depois de transpô-las, subiremos a serra Tandil, e levaremos as nossas pesquisas até ponta Medano, nas margens do Atlântico!

Falando deste modo, delineando o programa da expedição, Paganel nem sequer se dava ao trabalho de olhar para o mapa. Profundamente versado nos trabalhos de Frezier, Molina, Humboldt, Miers e d'Orbigny, a sua memória imperturbável não podia errar, nem surpreender-se. Terminada a nomenclatura geográfica, acrescentou:

— Este, meus amigos, é o caminho! Dentro de trinta dias o teremos percorrido, e chegaremos antes do *Duncan* à costa oriental!

— Então, o *Duncan* deverá cruzar entre o cabo Corrientes e o cabo Santo Antônio? — observou John Mangles.

— Exatamente.

— E como formará o pessoal de semelhante expedição?

— O mais simplesmente possível. Trata-se apenas de reconhecer a situação do capitão Grant, e não de trocar tiros com os índios. Lorde Glenarvan é nosso chefe natural, e o major também não irá querer ceder o seu lugar a ninguém. Eu também iria... — dizia Paganel, quando foi interrompido.

— E eu também! — exclamou o jovem Grant.

— Robert! Robert! — disse Mary.

— E porque não? — redargüiu Paganel. — As viagens formam a mocidade. Portanto, nós quatro, e mais três marinheiros do *Duncan*...

— E então, o senhor não reclama os meus direitos? — atalhou John Mangles, dirigindo-se a lorde Glenarvan.

— Meu caro John — replicou lorde Glenarvan, — vamos deixar nossas passageiras a bordo, e isto é o que temos de mais precioso no mundo! Quem velará por elas, senão o dedicado capitão do *Duncan*?

— Não podemos ir? — perguntou lady Helena, com tristeza.

— Minha querida, a viagem será rápida, e a separação curta... — respondeu Glenarvan.

— Eu compreendo... Vá, meu querido, e saia-se bem da empresa.

E assim encerrou-se a conversa, iniciando-se os preparativos para a expedição, que foi fixada para 14 de outubro.

Quando se tratou de escolher os marinheiros, todos ofereceram seus serviços, e Glenarvan só encontrou dificuldade na escolha. Preferiu então que a sorte decidisse, para não ofender aqueles bons homens. Foi o que fez, e os escolhidos foram o imediato Tom Austin, Wilson, um vigoroso rapaz, e Mulrady, capaz de enfrentar qualquer um.

Glenarvan atirou-se aos preparativos com afã, e conseguiu estar com tudo pronto no prazo. Mangles, ao mesmo tempo, metia carvão, de modo que pudesse fazer-se imediatamente ao mar. Daqui originou-se uma verdadeira rivalidade entre Glenarvan e o jovem capitão, que redundou em proveito de todos.

Efetivamente, no dia 14 de outubro, à hora designada, todos estavam prontos. Todos reuniram-se então. Glenarvan, Paganel, Mac-Nabs, Robert Grant, Tom Austin, Wilson e Mulrady, armados de carabinas e revólveres Colt, prepararam-se para desembarcar. As mulas e os guias esperavam-nos na extremidade da ponte.

— Chegou a hora — disse Glenarvan.

— Boa sorte! — redargüiu lady Helena, reprimindo a sua comoção.

Lorde Glenarvan abraçou-a, enquanto Robert lançava-se ao pescoço da irmã.

E então todos subiram à tolda, para verem os sete viajantes saírem do *Duncan*. Do alto do tombadilho, lady Helena exclamou pela última vez:

— Que Deus os ajude!

— Irá nos ajudar, milady — redargüiu Paganel, — porque, creia-me, nós mesmos nos havemos de ajudar!

— Subir âncora! — bradou Mangles.

— Avante! — gritou lorde Glenarvan.

E no mesmo instante em que os viajantes, dando rédea às cavalgaduras, seguiam o caminho da praia, o *Duncan*, sob a ação da hélice, tomava outra vez, a todo vapor, a direção do oceano.

11
ATRAVÉS DO CHILE

A tropa indígena organizada por lorde Glenarvan compunha-se de três homens e de uma criança. O arrieiro em chefe era um inglês naturalizado naquele país depois de vinte anos. Vivia de alugar mulas aos viajantes e guiá-los através das diferentes passagens das cordilheiras. Em seguida entregava-os a um "baqueano", guia argentino, para quem era familiar o caminho dos Pampas. Este inglês não havia esquecido a língua materna, de forma que podia conversar com os viajantes. Assim, Glenarvan podia manifestar seus pensamentos e vontades com facilidade, já que Paganel ainda não conseguia se fazer compreender.

O arrieiro em chefe, o "capataz" segundo a denominação chilena, era auxiliado por dois peões indígenas e um rapaz de doze anos. Os peões guardavam as mulas carregadas com a bagagem da comitiva, o rapaz conduzia "la madrina", pequena égua, com guizos e campainha, que levava atrás de si dez mulas. Os viajantes montavam sete, o capataz uma; as duas restantes transportavam algumas peças de vários estofos destinadas a captar a boa vontade dos caciques da planície. Segundo o seu costume, os peões iam a pé. O trajeto de um ao outro lado da América meridional devia, pois, efetuar-se nas melhores condições, sob o ponto de vista de segurança e rapidez.

Não é uma viagem simples a passagem através da cordilheira dos Andes. Não pode ser empreendida sem o auxílio destas robustas mulas, das quais as melhores são as argentinas. Estes excelentes animais adquiriram no país um desenvolvimento superior ao da raça primitiva. São pouco difíceis de contentar quanto à alimentação. Só bebem água uma vez por dia, fazem facilmente 60 quilômetros em oito horas, e conduzem sem custo uma carga de quatorze arrobas.

Nesta estrada, de um a outro oceano, não há estalagens. Come-se carne-seca, arroz temperado com pimenta, e a caça é abundante pelo caminho. Bebe-se água das torrentes na montanha, dos regatos na planície, temperada com algumas gotas de rum, de que todos levam a sua provisão num chifre. É preciso, contudo, ter cuidado com as bebidas alcoólicas, pouco úteis naquela região em que o sistema nervoso dos homens é extremamente afetado. Quanto à cama, vai na sela indígena chamada "recado". Esta sela é feita de peles de carneiro curtidas de um lado e guarnecidas de lã do outro, seguras por grandes cilhas bordadas luxuosamente. Um viajante enrolado nestas cobertas tão quentes, enfrenta facilmente as noites úmidas.

Como homem que sabe viajar, e conformar-se com os costumes de diversos países, Glenarvan adotara para si e para seus companheiros o traje chileno. Paganel e Robert — duas crianças, uma grande e outra pequena, — não couberam em si de alegria quando introduziram a cabeça através do ponche nacional, grande manto aberto no centro, e meteram as pernas em botas de couro. As duas mulas, ricamente arreadas, com a comprida rédea de couro servindo de chicote, a testa enfeitada de metais, e os alforjes, duplos sacos de cor vistosa que continham os mantimentos do dia, também eram motivo de suprema satisfação. Sempre distraído, Paganel recebia alguns coices da sua excelente cavalgadura, no momento em que montava. Assim que se achou sobre a sela, com a inseparável luneta a tiracolo, os pés firmados nos estribos, confiou na sagacidade do animal, e não teve razão para se queixar. Quando ao jovem Robert, este mostrou desde o início ter um talento natural para cavalgar.

Partiram. O tempo estava admirável, o céu de uma extrema limpidez, e a atmosfera, apesar do calor, suficientemente fresca pelas brisas do mar. A pequena comitiva seguiu a passos rápidos as margens sinuosas da baía de Talcanhuano, a fim de alcançar a cerca de cinqüenta quilômetros ao sul, a extremidade do paralelo. Durante o primeiro dia marcharam rapidamente através dos juncais de antigos pântanos já esgotados, mas falaram pouco. A despedida tinha doído aos viajantes, que ainda podiam ver a fumaça do *Duncan* que sumia no horizonte. Todos estavam calados, com exceção de Paganel; o estudioso geógrafo treinava consigo mesmo o espanhol.

O capataz era um homem taciturno, e a profissão não o devia tornar falador. Mal falava aos seus homens. Estes, como gente que sabe do seu ofício, não encontravam dúvida alguma. Se uma mula parava, estimulavam-na com um grito, e se isto não bastasse, uma boa pedrada acabava de vez com a teima. Se por acaso uma sela ou uma rédea se soltasse, o peão, desembaraçando-se do seu poncho, envolvia com ele a cabeça da mula, que voltava a pôr-se no caminho.

O costume dos arrieiros é partir às oito horas, depois do almoço, caminhando até o momento de deitar, por volta das quatro horas da tarde. Glenarvan conformou-se com este costume.

Exatamente no momento em que o capaz deu o sinal de fazer alto, os viajantes chegavam à vila de Arauco, situada na extremidade sul da baía, sem terem abandonado a orla espumante do oceano. Seria preciso caminhar uns 40 quilômetros na direção do ocidente até a baía Carnero, para aí alcançar o extremo do paralelo trinta e sete. Os agentes de Glenarvan tinham, porém, percorrido esta parte do litoral sem encontrar nenhum vestígio do naufrágio. Uma nova exploração seria inútil, e resolveram tomar a cidade de Arauco por ponto de partida. Dali seguiriam em linha reta para a banda do oriente.

O pequeno bando entrou na cidade para ali passar a noite, acampando em pleno pátio de uma estalagem, cujas comodidades eram bem rudimentares.

Arauco é capital da Araucania, habitada pelos moluschos, filhos primogênitos da raça chilena, cantada pelo poeta Ercila.

Raça altiva e forte, única das duas Américas que não sofreu domínio estrangeiro. Se Arauco no passado pertenceu aos espanhóis, as populações não se submeteram. Resistiram, como resistem hoje, às tentativas invasoras do Chile, e a sua bandeira independente — uma estrela branca sobre um campo azul — flutua ainda no alto da colina fortificada que defende a cidade.

Enquanto preparavam a ceia, Glenarvan, Paganel e o capataz foram passear por entre as casas. Exceto uma igreja e os restos de um convento de franciscanos, Arauco nada oferecia de curioso. Glenarvan tentou colher algumas informações que não deram resultado algum. Paganel estava desesperado por não se fazer compreender aos habitantes; mas como estes falavam o araucano — língua-mãe cujo uso é geral até ao estreito de Magalhães — o espanhol de Paganel servia-lhe tanto como se fosse hebreu. Ocupou, portanto, os olhos em vez dos ouvidos, e tudo somado, experimentou uma verdadeira alegria de sábio em observar os diversos tipos da raça moluscha que apareciam diante dele. Os homens tinham estatura elevada, rosto achatado, cor acobreada, eram desprovidos de barba, olhar desconfiado, cabeça grande e perdida em meio de uma comprida cabeleira negra. Pareciam entregues a esta ociosidade especial das raças guerreiras, que não sabem o que fazer em tempo de paz. As mulheres, miseráveis e corajosas, ocupavam-se nos duros trabalhos domésticos, tratando também dos cavalos, limpando as armas, lavrando, caçando para os seus senhores. E ainda sobrava tempo para que fabricassem os ponchos azul-turquesa, que levam dois anos de trabalho para serem concluídos.

Em suma, os moluschos são um povo pouco interessante, e de costumes bem selvagens, além de um enorme amor à independência.

— Verdadeiros espartanos — dizia Paganel, à mesa.

O sábio exagerava, e compreenderam-no ainda menos quando acrescentou que o seu coração francês batera muito durante a visita à vila de Arauco. Quando o major lhe perguntou a razão daquele "pulsar" inesperado, respondeu que era natural sua comoção, pois um de seus compatriotas ocupara, há pouco, o trono da Araucania. O major pediu-lhe que dissesse o nome daquele soberano, e Paganel proferiu com orgulho o nome do sr. de Tonneins, excelente pessoa, antigo advogado de Périgueux, um pouco barbudo demais, e que sofrera com o que os reis costumam chamar de "ingratidão de seus súditos". Como o major sorrisse ao ouvir aquele caso de um antigo advogado expulso do trono, Paganel respondeu com seriedade que era mais fácil um advogado fazer-se um bom rei, do que um rei fazer-se advogado. Ao escutarem isso, todos começaram a rir, bebendo mais um pouco à saúde de Orellie-Antonio I, ex-rei de Araucania. Minutos depois os viajantes, enrolados em seus ponchos, dormiam profundamente.

No dia seguinte, com a madrinha à frente, os peões atrás, a pequena comitiva tornou a rumar para leste, seguindo o caminho do paralelo trinta e sete. Atravessava então o fértil território da Araucania, abundante em vinha e gado. Mas pouco a pouco a solidão foi-se fazendo. De tempos em tempos se encontrava alguma cabana de "rastreadores", índios domadores de cavalos, célebres em toda a América. Durante esta jornada, dois rios impediram a marcha dos viajantes: o rio de Raque e o rio de Tubal. Mas o capataz descobriu vaus que permitiam a passagem. A cordilheira dos Andes desenrolava-se no horizonte, alargando-se e multiplicando os picos na direção do norte. Eram, por enquanto, apenas as vértebras inferiores da enorme espinha dorsal sobre a qual se apóia todo o conjunto do Novo Mundo.

Às quatro da tarde, depois de um trajeto de mais de sessenta quilômetros, a caravana parou sob um bosque. As mulas foram desarreadas, podendo ir pastar em liberdade na erva abundante da campina. Os alforjes forneceram a carne e arroz de costume. As peles de carneiro estendidas no chão serviram de cobertura, os *recados* de travesseiros, e todos encontraram nestas camas improvisadas um sono reparador, enquanto os peões e o capataz velavam por turnos.

O tempo se mantinha favorável, e todos os viajantes gozavam de excelente saúde. A viagem, enfim, começava com bons auspícios, e era preciso aproveitar o tempo e ir em frente. Esta era a opinião geral. No dia seguinte continuaram com todo vigor, transpondo sem acidente a torrente de Bell, e à tarde, acampando nas margens do rio Biobio, que separa o Chile espanhol do Chile independente, Glenarvan pôde inscrever mais sessenta quilômetros no ativo da expedição.

O aspecto do país não mudara. Continuava fértil e rico em amarílis, violetas, e cactos com flores de ouro. Alguns animais estavam agachados nas moitas. Uma garça real, uma coruja solitária, tordos e mergulhões, fugindo das garras do falcão, eram os únicos representantes das aves. Apenas alguns *guassos*, filhos degenerados dos índios e dos espanhóis, perpassavam como sombras galopando sobre cavalos ensangüentados pela espora gigantesca que os cavaleiros traziam no pé descalço. Não se achava pelo caminho ninguém com quem falar, e as informações eram escassas. Glenarvan conformava-se com aquilo, dizendo consigo mesmo, que o capitão Grant, prisioneiro dos índios, devia ter sido levado para além da cordilheira dos Andes. As pesquisas só deviam ser frutíferas nos Pampas, e não aqui. Era preciso, então, ter paciência e caminhar depressa.

No dia 17 puseram-se a caminho na hora e na ordem de costume, o que custava grande esforço à Robert, cujo ardor impelia-o sempre a passar adiante da "madrina", para desespero de sua mula. Era preciso uma severa reprimenda de Glenarvan para manter o rapaz em seu posto.

O terreno tornava-se mais acidentado, e algumas desigualdades de terreno indicavam a aproximação de montanhas; os rios multiplicavam-se, obedecendo ruidosamente ao capricho dos declives. Paganel consultava muitas vezes os seus mapas; quando algum deles aí não constava, o que sucedia freqüentemente, o seu sangue geógrafo fervia-lhe nas veias, e zangava-se do modo mais interessante do mundo.

— Uma ribeira que não tem nome — dizia ele, — não existe aos olhos da lei geográfica!

Ele não encontrava grandes embaraços para batizar aquelas correntes sem nome; notava-as no mapa, e adotava-lhes os qualificativos mais retumbantes da língua espanhola.

— Que língua — repetia ele, — que língua sonora!

— Está fazendo progressos? — inquiriu Glenarvan.

— Com certeza, meu caro! Ah, se não fosse a pronúncia!

Esperando fazer progressos, Paganel ia no caminho cansando a goela com as dificuldades da pronúncia, sem se esquecer das observações geográficas. Isso era, na verdade, o seu forte, e ninguém o batia. Quando Glenarvan interrogava o capataz a respeito de alguma particularidade do país, o seu companheiro respondia sempre primeiro que o guia, deixando o capataz abismado.

Naquele dia, por volta das duas da tarde, encontraram uma estrada que cortava a linha seguida até ali. Como era natural, Glenarvan perguntou o nome dela, e naturalmente também, foi Jacques Paganel quem respondeu:

— É o caminho que conduz de Yumbel aos Angeles.

— Perfeitamente — redargüiu o capataz, e virando-se para Paganel: — O senhor já atravessou este país?

— Muitas vezes! — respondeu Paganel, com seriedade.

— Montado numa mula?

— Não, numa poltrona!

O capataz não compreendeu, encolheu os ombros e tornou a pôr-se à frente da caravana.

Às cinco da tarde paravam diante de um desfiladeiro pouco profundo, pouco distante da pequena cidade de Loja; e naquela noite os viajantes acamparam ao pé das serras, nas primeiras escarpas da grande Cordilheira.

12

A TRÊS MIL E QUINHENTOS METROS DE ALTURA

A passagem através do Chile não oferecera, até então, nenhum incidente grave. Mas agora os perigos e obstáculos que traziam consigo o trajeto pelas montanhas iam começar, assim como as primeiras dificuldades.

Antes de reiniciarem a marcha, tiveram que resolver uma questão importante. Qual seria a melhor passagem para se atravessar a cordilheira dos Andes, sem se afastarem do caminho determinado? O capataz foi interrogado a este respeito.

— Só conheço — respondeu ele, — duas passagens possíveis nesta parte da Cordilheira.

— A passagem de Arica, certamente — disse Paganel, — que foi descoberta por Valdivia Mendoza?

— Exatamente.

— E a de Vila Rica, situada ao sul do Nevado, não é?

— Justamente.

— Mas, meu amigo, essas duas passagens só têm um inconveniente: o de nos levar para o sul ou para o norte mais do que nos convém.

— Tem alguma outra passagem a nos propor? — perguntou o major.

— Tenho! — respondeu Paganel. — A passagem de Antuco, situada na vertente vulcânica, a trinta e sete graus e trinta minutos, isto é, quase meio grau de diferença do nosso rumo, e foi reconhecida por Zamudio da Cruz.

— E então, capataz, conhece a passagem de Antuco?

— Sim, milorde, já a atravessei, e se não a propus, é por ser apenas um caminho de gado, do qual se servem os índios pastores das vertentes orientais.

— Pois bem — ponderou Glenarvan, — por onde passa o rebanho, nós também passaremos. E visto que não nos afastamos da linha reta, vamos por Antuco.

O sinal de partida então foi dado, e o grupo internou-se pelo vale das Lejas, por entre grandes massas de calcário cristalizado. Subia-se por um declive quase insensível. Próximo das onze horas, tiveram que contornar as margens de um pequeno lago, reservatório natural e ponto de reunião de todos os rios dos arredores que ali chegavam, murmurando e confundindo-se em límpida tranqüilidade. Pela banda de cima do lago estendiam-se vastos "llanos", planícies elevadas cobertas de gramíneas, e onde pastavam rebanhos índios. Em seguida encontrou-se um pântano, que corria de norte para sul, e que foi evitado, graças ao instinto das mulas. À uma hora avistaram o forte Ballenare sobre um rochedo, que ele coroava com os seus muros desmantelados. Passaram adiante. Os declives iam-se tornando íngremes, pedregosos, e os calhaus, arrancados pelos cascos das mulas, rolavam formando cascatas sonoras sob seus passos. Por volta das três horas apareceram mais ruínas de um forte, arrasado por ocasião do levante de 1770.

— E pensar que as montanhas não bastam para separar os homens, sendo preciso ainda fortificá-las! — refletiu Paganel.

Daí em diante o caminho tornou-se difícil, perigoso até; o ângulo dos declives abriu mais, as cornijas estreitaram, os precipícios aprofundaram-se de um modo medonho. As mulas avançavam cautelosamente, com as ventas rentes ao chão, farejando o caminho. A caravana marchava em fileira. Por vezes, em alguma curva inesperada, a "madrina" desaparecia, e a pequena caravana guiava-se pelo som longínquo da campainha.

Outras vezes, as sinuosidades caprichosas do caminho colocavam a coluna em duas linhas paralelas, e o capataz podia falar aos peões, enquanto que uma fenda pouco larga, mas bem profunda, cavava entre eles um abismo impossível de transpor.

A vegetação herbácea lutava contra as invasões da pedra, mas sentia-se já o reino mineral em vantagem sobre o vegetal. A proximidade do vulcão de Antuco já se fazia perceber por alguns rastos de lava de uma cor ferruginosa, eriçada de cristais amarelos em forma de agulhas. Os rochedos, amontoados uns sobre os outros, e prestes a desabar, seguravam-se a despeito de todas as leis do equilíbrio. Evidentemente os cataclismos deviam modificar-lhes muito o aspecto, e ao considerarem-se estes picos sem aprumo, era fácil de ver que a hora da agregação definitiva ainda não acontecera naquela região montanhosa.

Assim, o caminho devia ser difícil de conhecer. A agitação quase incessante da estrutura andina altera-lhe muitas vezes o traçado, e os pontos que indicam a direção aos viajantes mudam de lugar. Por isso, o capataz hesitava, parando, olhando em torno de si, interrogando a forma dos rochedos, procurando sobre a pedra algum rasto. Era impossível se ter certeza absoluta do caminho.

Lorde Glenarvan o seguia, e pressentia que a indecisão daquele homem aumentava com as dificuldades do caminho. Não ousava interrogá-lo, e pensava, não sem razão, que o instinto dos arrieiros está no mesmo nível que o instinto das mulas, e vale mais fiar-se nele.

Durante uma hora o capataz vagou ao acaso, mas sempre alcançando as zonas mais elevadas da montanha. Afinal, foi obrigado a parar. Achava-se no fundo de um vale de pouca largura, num desses estreitos desfiladeiros que os índios chamam de "quebradas". Uma muralha de pedra, cortada a prumo, fechava-lhe a saída. Depois de ter, em vão, procurado passagem, apeou, cruzou os braços e esperou que Glenarvan se aproximasse.

— Perdeu-se?

— Não, milorde — respondeu o capataz.

— Não estamos na passagem de Antuco?

— Estamos.

— Tem certeza?

— Absoluta. Eis os restos de uma fogueira, e aqui estão vestígios de rebanhos de carneiros.

— Nesse caso, passaram por este caminho!

— Sim, mas mais ninguém tornará a passar. O último tremor de terra tornou-o impraticável...

— Para as mulas, não para os homens — ponderou o major.

— Ah! Isso é com os senhores — replicou o capataz. — Fiz o que pude. Estou pronto a voltar para trás com as mulas e procurar as outras passagens da Cordilheira.

— E quanto nos atrasaremos?

— Cerca de três dias, pelo menos.

Glenarvan escutava em silêncio as palavras do capataz. Este se limitava às condições do contrato. As mulas não podiam ir mais longe. Quando foi feita a proposta de retroceder, Glenarvan perguntou aos companheiros:

— Querem tentar passar?

— Queremos segui-lo, senhor — respondeu Tom Austin.

— E até precedê-lo, milorde — acrescentou Paganel. — Afinal, do que se trata? De atravessar uma cordilheira, cujas vertentes opostas oferecem uma descida incomparavelmente mais suave! Conseguindo isto, acharemos os baqueanos argentinos que nos guiarão através dos Pampas, e cavalos ligeiros habituados a galopar nas planícies. Avante, pois, sem hesitar!

— Avante! — exclamaram os companheiros de Glenarvan.

— Não nos acompanha? — perguntou este ao capataz.

— Sou condutor de mulas — respondeu o arrieiro.

— Como quiser.

— Passaremos sem ele — disse Paganel. — Do outro lado desta muralha acharemos os caminhos de Antuco, e sinto-me capaz de os conduzir ao sopé da montanha tão diretamente quanto o melhor guia da Cordilheira.

Glenarvan tratou de acertar as contas com o capataz, despedindo-se dele e dos peões e mulas. As armas, instrumentos e alguns víveres foram distribuídos entre os sete viajantes. De comum acordo, resolveram que a ascensão seria imediatamente tentada, e que, se fosse preciso, viajariam parte da noite. Sobre a escarpa do lado esquerdo havia um caminho íngreme, que as mulas não poderiam percorrer. As dificuldades foram grandes, mas depois de duas horas de fadigas e rodeios, Glenarvan e os seus companheiros tornaram a se ver na passagem de Antuco.

Estavam na parte andina, propriamente dita, e que não fica afastada da aresta superior da Cordilheira; mas de caminho trilhado, de passagem, não havia vestígio. Toda essa região acabava de ser revolvida pelos últimos tremores de terra, e foi preciso subirem aos pontos mais elevados da Cordilheira. Paganel ficou desapontando por não achar o caminho livre, e dispôs-se a suportar rudes fadigas para alcançar o cume dos Andes, porque a sua altura média é compreendida entre 3000 e 3500 metros. Por sorte o tempo estava ameno; mas no inverno, de maio a outubro, tal ascensão seria impossível; os frios intensos matam rapidamente os viajantes, e aqueles a quem poupam, não escapam da violência dos temporais, verdadeiros tufões, e que todos os anos alastravam de cadáveres os desfiladeiros da Cordilheira.

Durante toda a noite não fizeram senão subir. Os viajantes içavam-se à custa de força para platôs quase inacessíveis, saltavam fendas largas e profundas, de braços dados, substituíam cordas, e os ombros serviam de escadas. Aqueles homens intrépidos nada temiam, e foi quando o vigor de Mulrady e a destreza de Wilson tiveram milhares de ocasiões para se mostrarem. Os dois bravos escoceses multiplicaram-se; muitas vezes, se não fosse por sua dedicação e coragem, a caravana não teria podido passar. Glenarvan não perdia de vista o jovem Robert, a quem a idade e vivacidade levavam a cometer as maiores imprudências. Paganel avançava com fúria genuinamente francesa. Quanto ao major, só se mexia o necessário, nem mais nem menos, e elevava-se por um movimento insensível.

Às cinco da manhã os viajantes tinham chegado a uma altura de 2200 metros. Achavam-se então sobre os platôs secundários, último limite da região arborescente. Por ali saltavam alguns animais, que teriam feito a alegria de qualquer caçador. Era o lhama, animal precioso das montanhas, que substitui o boi, o carneiro, o cavalo, e vive onde não viveria a mula. Havia também o chinchila, pequeno roedor manso e tímido, de pele preciosa, e ao qual as patas traseiras dão a aparência de um canguru.

Entretanto, estes não eram os últimos habitantes da montanha. A quase 3000 metros, nos limites das neves perpétuas, viviam ainda, e aos bandos, ruminantes de uma incomparável beleza, a alpaca de pêlo curto e sedoso, espécie de cabra sem chifres, altiva e airosa, cuja lã é tão fina, que os naturalistas chamam vicunha. Mas ninguém conseguia sequer aproximar-se dela, e já era muito poder vê-la fugir, como quem voa, deslizando sem ruído por sobre os lençóis de neve de deslumbrante alvura.

Àquela hora, o aspecto das regiões metamorfoseara-se completamente. Grandes pedaços de gelo, brilhantes, de uma cor azulada em certos declives, elevavam-se por todos os lados, e refletiam os primeiros raios do sol. A subida tornou-se então muito perigosa. Não se avançava sem primeiro sondar o solo atentamente afim de descobrirem as fendas. Wilson tomara a dianteira da fila, e com o pé tateava o chão das geleiras. Os companheiros avançavam exatamente sobre os rastos dos seus passos, evitando elevar a voz, porque ao menor ruído, agitando as camadas do ar, podiam causar uma avalanche.

Tinham chegado à região dos arbustos, os quais, pouco mais acima, cederam lugar às gramíneas e aos cactus. A 3300 metros, estas mesmas plantas abandonaram o solo árido, e todo o vestígio de vegetação desapareceu. Os viajantes só pararam uma vez, às oito horas, a fim de restaurarem as forças com uma frugal refeição, e enchendo-se de coragem, retomaram a subida, enfrentando perigos cada vez maiores. Foi-lhes preciso transpor agudas arestas e passar sobre abismos que a vista não se atrevia a sondar. Em muitos lugares, enfileiravam-se pela estrada, à maneira de balizas, cruzes de madeira, indicando os locais das catástrofes. Pelas duas horas, um imenso platô, sem sinal de vegetação, uma espécie de deserto, estendeu-se entre dois picos escalvados. O ar estava seco, o céu de um azul carregado; naquela altura as chuvas são desconhecidas, e os vapores só se desfazem em neve ou granizo. Em vários pontos, alguns picos de basalto furavam o branco como ossos de um esqueleto, e, de quando em quando, pedaços de quartzo, desprendidos pela ação do ar, desabavam fazendo um ruído cavo, que a atmosfera pouco densa tornava quase imperceptível.

A pequena caravana, apesar da coragem, estava exausta. Vendo o cansaço dos companheiros, Glenarvan arrependeu-se de haver avançado tanto pela montanha. O jovem Robert, apesar de procurar reagir contra o cansaço, não podia ir mais muito longe. Glenarvan resolveu então parar às três horas.

— Precisamos descansar — propôs ele, sabendo que ninguém faria tal proposta.

— Descansar? — redargüiu Paganel. — Mas nós não temos abrigo.

— Não podemos continuar, mesmo por causa de Robert.

— Não, milorde, posso andar. Não parem... — respondeu o corajoso jovem.

— Transportaremos Robert, mas é preciso alcançar a vertente oriental. Deste lado talvez encontremos algum refúgio. Peço mais duas horas de caminhada — replicou Paganel.

— Todos concordam? — perguntou Glenarvan.

— Sim! — responderam todos.

Às cinco da manhã os viajantes tinham chegado a uma altura de 2200 metros.

— Eu me encarrego da criança — acrescentou Mulrady.

E tomaram a direção do oriente. Foram mais duas horas de uma terrível ascensão. Continuavam a subir para alcançarem as últimas cumeadas da montanha. A rarefação do ar tornava a respiração difícil. E apesar da enorme vontade daqueles homens corajosos, chegou um momento em que os mais valentes desanimaram, e a vertigem, esse terrível mal das montanhas, aniquilou-lhes não só as forças físicas, mas também a energia moral. Não se reage impunemente contra fadigas assim. Dali a pouco as quedas tornaram-se freqüentes, e os que caíam só avançavam arrastando-se de joelhos.

Glenarvan já considerava com terror o enorme frio que fazia naquela região funesta, aumentando à medida que o sol se punha, a falta de abrigo para a noite, quando o major parou, e disse com sua habitual tranqüilidade:

— Uma choupana.

13
DESCIDA DA CORDILHEIRA

Qualquer outro que não fosse Mac-Nabs teria passado de lado, em volta, por cima até daquela choupana, sem sequer suspeitar da existência dela. Uma intumescência no lençol era só o que a distinguia dos rochedos vizinhos. Foi preciso varrer a neve, e somente depois de meia hora de árduo trabalho é que Wilson e Mulrady conseguiram abrir caminho para a choupana, e os viajantes correram para aninhar-se dentro dela.

Construída pelos índios num grande pedaço de basalto, a choupana era feita de tijolos cozidos, tendo o formato de um cubo. Uma escada de pedra conduzia à porta, única abertura daquele cubículo, bem estreita.

Ali cabiam facilmente dez pessoas, e serviria para evitar um pouco o frio, que o termômetro indicava estar por volta de -10°. Uma chaminé com um cano de tijolos mal unidos permitiu acender o fogo, e tornar o interior da cabana mais confortável.

— Não é grande coisa, mas irá nos servir — disse Glenarvan. — Foi a Providência que nos trouxe aqui, e não podemos deixar de nos mostrarmos gratos!

— Ora! — redargüiu Paganel. — Isto aqui é um palácio!

— Principalmente quando um bom fogo nos esquentar — ponderou Tom Austin, — porque, se temos fome, temos mais frio, e da minha parte, ficaria feliz em ter um bom feixe de lenha ao invés de um naco de carne.

— Pois bem, Tom — disse Paganel, — vamos tratar de arranjar combustível.

— Combustível, no cume da Cordilheira? — exclamou Mulrady, incrédulo.

— Se fizeram uma chaminé nesta cabana, é porque há aqui alguma coisa para se queimar — observou o major.

— Mac-Nabs tem razão — disse lorde Glenarvan. — Preparem tudo para a refeição, porque eu vou buscar lenha!

— Eu e Wilson iremos acompanhá-lo — acudiu Paganel.

— Eu também posso ir! — ofereceu-se Robert.

— Descanse rapaz! — respondeu Glenarvan. — Você é já um homem, na idade em que os demais não passam de crianças!

Glenarvan, Paganel e Wilson então saíram do cubículo. Apesar da absoluta serenidade da atmosfera, o frio era cortante. Começava a escurecer e ao chegarem a um pequeno montículo, Glenarvan e Paganel olharam em volta. Estavam no cume dos *nevados* da Cordilheira. Ao oriente, as vertentes desciam em rampas suaves; ao longe, grandes fileiras longitudinais de pedras e de pedregulhos, arrastados pelo desabar das geleiras, formavam imensas linhas de cascalho. Já o vale do Colorado se afogava numa sombra ascendente, produzida pelo declinar do sol; as ondulações do terreno, as saliências, os picos, iluminados pelos seus raios, sumia gradualmente na escuridão que se ia estabelecendo pouco a pouco. Ao ocidente, a luz ainda iluminava os contrafortes que sustentam a muralha. Era deslumbrante o espetáculo das rochas e geleiras banhadas pelo sol. Para a banda do norte, ondulava uma sucessão de cimos que se confundiam, e formavam uma espécie de linha tremida, traçada por lápis inábil. Para o sul, o espetáculo tornava-se esplêndido, e com o cair da noite, tomava proporções sublimes. O olhar, mergulhando no selvagem vale de Trobido, dominava Antuco, cuja cratera se escancarava a 4 quilômetros de distância. O vulcão rugia como um monstro enorme, vomitando ardente fumaceira misturada com torrentes de um fulgor fuliginoso. O circuito de montanhas que o rodeava parecia em chamas; nuvens de pedras incandescentes, grandes rolos de vapores avermelhados, luminosos; jatos de lava saíam da cratera, formando feixes cintilantes. Um imenso clarão, que aumentava a todo instante, como um deslumbrante incêndio, enchia o vasto circuito das montanhas com suas reverberações intensas, enquanto que o sol, perdendo pouco a pouco os clarões crepusculares, desaparecia nas sombras do horizonte.

Paganel e Glenarvan teriam ficado muito tempo contemplando aquele espetáculo magnífico, mas Wilson, que tinha um espírito menos artístico que os dois, chamou-os de volta à realidade. Não havia lenha, mas um musgo seco que revestia os rochedos; apanharam aquela improvisada provisão, e também uma planta chamada "llareta", cuja raiz podia arder também. Levaram este precioso combustível para a choupana, onde o amontoaram. O fogo custou a acender e pegar, porque o ar rarefeito não fornecia oxigênio o suficiente.

Por fim o fogo pegou, e todos puderam apreciar um bom café quente. Já a carne, pareceu insuficiente.

— Devemos confessar que um naco de *llama* grelhado não seria de se desprezar — disse Paganel. — Dizem que este animal substitui o boi e o carneiro, e gostaria de saber se o seu sabor é tão bom quanto!

— Como, o senhor não está contente com a refeição? — perguntou o major.

— Estou encantado, meu caro major, mas confesso que um prato de caça seria bem-vindo.

— Ora, ora, o senhor é um sibarita! — disse Mac-Nabs.

— Aceito o qualificativo, major, mas o senhor também não recusaria um bom bife!

— É provável — redargüiu o major.

— Se lhe pedissem para ir caçar, apesar do frio, iria?

— Com certeza, e se faz gosto nisso...

Os companheiros nem tiveram tempo de agradecer o generoso oferecimento de Mac-Nabs, quando se ouviram uivos distantes, que se prolongaram por muito tempo. Não eram gritos de animais isolados, mas de um bando que se aproximava com rapidez. A Providência, depois de ter fornecido o cubículo, iria agora fornecer a caça? Foi esta a reflexão que o geógrafo fez, mas Glenarvan diminuiu-lhe a alegria, observando-lhe que os quadrúpedes da Cordilheira não são encontrados em zona tão elevada.

— Então, de onde vem este ruído, que se aproxima mais e mais? — perguntou Tom Austin.

— Uma avalanche? — propôs Mulrady.

— Não pode ser! São uivos o que estamos escutando — replicou Paganel.

— Vamos ver! — disse Glenarvan.

— Mas vamos prevenidos! — redargüiu o major, pegando uma carabina.

Todos correram para fora da choupana. A noite caíra completamente, e a lua ainda não aparecera. Os cumes do norte e do oriente desapareciam nas trevas, e o olhar apenas distinguia o perfil fantástico de alguns rochedos mais acima. Os uivos — uivos de animais aterrados — redobravam. Vinham da parte mais escura da Cordilheira. O que estaria acontecendo? De súbito, uma avalanche furiosa despencou, mas não de neve, e sim de seres animados, e aterrorizados. Toda a planura pareceu estremecer. Estes animais vinham aos centos, aos milhares talvez, e apesar da rarefação do ar, produziam um ruído de ensurdecer. Seriam gamos ou veados dos Pampas, ou apenas um bando de lhamas ou vicunhas? Os homens mal tiveram tempo de deitar-se ao chão, enquanto este turbilhão vivo passava a alguns centímetros apenas acima deles. Paganel, que havia ficado de pé, foi derrubado num abrir e fechar de olhos.

Naquele instante soou a detonação de uma arma de fogo. O major atirara, e pareceu que um animal caía a alguns passos dele, enquanto que o resto do bando, levado por um ímpeto irresistível, desaparecia nos declives iluminados pelo reflexo do vulcão.

— Ah! Apanhei-os! — disse Paganel.

— Apanhou o que? — perguntou Glenarvan.

— Os meus óculos, ora essa! Num tumulto destes, poderia tê-los perdido!

— Não está ferido?

— Não, só um pouco dolorido! Mas, o que era aquilo?

Foi então que o major arrastou o animal que ele abatera. Todos se apressaram a voltar para a choupana, e ao clarão do fogo, examinaram a peça de caça abatida por Mac-Nabs.

Era um bonito animal, tinha cabeça delicada, corpo achatado, pernas compridas e franzinas, pêlo fino cor de café-com-leite, e a parte inferior do ventre malhada de branco. Assim que olhou para ele, Paganel exclamou:

— Um guanaco!

— O que é isso? — perguntou Robert.

— Um animal que se come — respondeu Paganel.

— E é bom?

— Saboroso, um verdadeiro manjar dos deuses. E o meu desejo de ter carne fresca para comer, realizou-se! Quem vai preparar o animal?

— Eu — respondeu Wilson.

— E eu me encarrego de o grelhar — redargüiu Paganel.

— Então o senhor cozinha, senhor Paganel? — perguntou Robert.

— Claro, meu rapaz! Eu sou francês, e um francês é sempre um cozinheiro!

Cinco minutos depois, Paganel colocava grandes pedaços de caça sobre as brasas, e dali a pouco servia aos companheiros aquela apetitosa carne. Ninguém fez cerimônia, e aceitaram fartos pedaços. Mas, para a estupefação do geógrafo, uma careta geral acompanhou a primeira mordida.

— É horrível! — disse um.

— Não dá pra comer isso! — replicou outro.

O sábio, depois de provar, não teve outro remédio senão concordar que o tal grelhado não podia ser consumido nem mesmo por gente esfomeada. Todos começaram a gracejar com o sábio sobre o seu *manjar dos deuses*, e bem humorado, Paganel entrou na brincadeira. Depois de refletir um pouco, porém, ele exclamou:

— Já sei o que aconteceu!

— Será que o animal era velho? — perguntou o major, sossegadamente.

— Não, major intolerante, mas um animal que andou muito! Como pude esquecer-me disto!

— O que quer dizer, senhor Paganel? — perguntou Austin.

— Quero dizer que o guanaco só é bom quando morto em repouso. Quando se leva muito tempo para caçá-lo, a carne não é comestível. Por isso, posso afirmar que o animal vinha de longe, aliás, o rebanho inteiro.

— Tem certeza disso? — perguntou Glenarvan.

— Absoluta!

— Mas o que poderia ter assustado estes animais, fazendo-os correrem na hora em que deveriam estar repousando?

— Isso, meu caro Glenarvan, não posso responder. Se quer um conselho, vamos tratar é de dormir. Eu estou caindo de sono, e parece que o major também!

Dito isto, cada qual embrulhou-se no seu poncho, depois de atiçarem o fogo, e dali a pouco, todos estavam dormindo profundamente.

Todos não! Glenarvan não dormiu, porque uma secreta inquietação o mantinha acordado. Pensava no bando que fugira na mesma direção, no seu terror inexplicável. Os guanacos não podiam estar sendo perseguidos, seja por outro animal, seja por algum caçador, não naquelas alturas! Que terror os precipitara para os abismos de Antuco? Glenarvan pressentia algum perigo próximo.

Entretanto, sob a influência do calor e do cansaço, suas idéias foram se modificando, e ao receio sucedeu-se a esperança. Imaginou-se no dia seguinte em meio da planície dos Andes. Era ali que deviam, realmente, começar as pesquisas, e o êxito viria! Pensou no capitão Grant e em seus marinheiros, livres de uma dura escravidão. Estas imagens perpassavam-lhe rapidamente pelo espírito. Em seguida, os pressentimentos voltavam com mais intensidade. Punha-se a escutar os ruídos exteriores, difíceis de serem explicados naqueles cumes solitários.

Houve um momento em que julgou surpreender roncos subterrâneos, longínquos, surdos, ameaçadores, como os ribombos de uma trovoada que não viesse do céu. Ora, tais roncos não podiam ser outra coisa senão uma tempestade, que se desencadeava nas faldas da montanha, a muitos quilômetros abaixo do seu cume. Glenarvan quis verificar isto, e saiu.

A lua já saíra, e a atmosfera estava serena. Não se via uma nuvem nem abaixo, nem acima do cume. Nenhum relâmpago, nenhum indício de tempestade era percebido. Milhares de estrelas cintilavam no céu. Contudo, os roncos continuavam; pareciam aproximar-se e correr através da cordilheira. Glenarvan recolheu-se mais inquieto, perguntando a si mesmo que relação podia existir entre os ruídos subterrâneos e a fuga dos guanacos. Haveria alguma relação entre estes fatos? Ao consultar o relógio, viu que já eram duas horas da manhã.

Como não tinha certeza de um perigo iminente, não acordou os companheiros, mergulhados em sono profundo. Ele mesmo caiu numa sonolência que durou horas.

De repente, ruídos violentos fizeram-no pôr-se de pé num salto. Era um estrondo ensurdecedor. No mesmo instantes, Glenarvan sentiu o chão faltar-lhe sob os pés. A cabana oscilou e entreabriu-se.

— Alerta! — gritou ele.

Os seus companheiros, que tinham acordado, caíram uns por cima dos outros, e deslizavam agora sobre um íngreme declive. O dia despontava, e a cena era aterradora. A forma das montanhas mudava subitamente; os cones truncavam-se. Por efeito de um fenômeno muito particular da Cordilheira, um pedaço de montanha, do tamanho de muitos quilômetros, deslocava-se inteiro, deslizando em direção à planície.

— Um tremor de terra! — exclamou Paganel.

Ele não se enganara. Era um dos cataclismos freqüentes na orla montanhosa do Chile, exatamente na região onde Copiapo foi destruída duas vezes, e Santiago derrubada quatro vezes em quatorze anos. Esta região do globo é bem instável, e cheia de vulcões.

Os sete homens se agarravam a este pedaço móvel da montanha, atordoados, aterrados, seguros apenas aos montículos de musgo, escorregando numa enorme velocidade. Era impossível gritar, e qualquer tentativa de fuga era impossível. Não podiam comunicar-se, porque o ruído era ensurdecedor. Em alguns momentos, o pedaço da montanha resvalava sem tombos nem encontrões; outras, balançava como um navio sacudido por um mar revolto, e por onde passava, arrancava árvores e pedaços de rocha.

Ninguém poderia avaliar o tempo que durou aquela queda indescritível. Em que abismo iriam parar, ninguém ousaria prever. Se todos ainda estavam vivos, ninguém o sabia. Sufocados pela velocidade da queda, gelados pelo frio, cegos pelos turbilhões de neve, arquejavam, agarrando-se às rochas por um supremo instinto de conservação.

De repente, um choque de enorme violência os arremessou para frente, e rolaram sobre as últimas escarpas da montanha. O pedaço deslocado parara de súbito.

Durante alguns minutos ninguém se moveu. Afinal um deles levantou-se, atordoado pelo choque, mas firme ainda — o major. Sacudiu a poeira que o cegava, e então olhou em torno de si. Os seus companheiros estava estendidos uns sobre os outros.

O major contou-os, mas faltava um: Robert Grant.

Eles se agarravam a este pedaço móvel da montanha, atordoados, aterrados, seguros apenas aos montículos de musgo, escorregando numa enorme velocidade.

14

UM TIRO DE ESPINGARDA DIRIGIDO PELA PROVIDÊNCIA

A vertente oriental dos Andes é composta de extensos declives que vão insensivelmente perder-se na planície, sobre a qual uma porção da montanha parara subitamente. Nessa nova região, coberta de abundantes pastagens, povoada de árvores magníficas, um incalculável número de macieiras plantadas no tempo da conquista ostentavam os frutos dourados, e formavam verdadeiras florestas. Era um pedaço da Normandia para ali transportado, e em qualquer outra circunstância o viajante teria reparado naquela transição súbita do deserto para o oásis, dos cimos nevados para os prados vicejantes, do inverno para o verão.

O solo recaíra na imobilidade absoluta. O tremor de terra parara, e havia sido violento. O contorno superior das montanhas achava-se completamente modificado, e um novo panorama de cimos e arestas delineava-se sobre o fundo azul do céu.

Tudo anunciava um dia magnífico: os raios do sol, que surgira do seu úmido leito do Pacífico, deslizavam sobre as planícies argentinas. Eram oito horas da manhã.

Reanimados pelo major, lorde Glenarvan e seus companheiros foram aos poucos voltando a si. Haviam sentido um terrível atordoamento, e nada mais. A Cordilheira descera, e só teriam motivos para comemorar tão rápida locomoção, se Robert estivesse presente.

Todos amavam aquele corajoso jovem, até mesmo o major, com sua habitual frieza. Mas lorde Glenarvan, ao saber do desaparecimento de Robert, ficou desesperado. Imaginou a pobre criança caída em algum abismo, invocando com brados inúteis aquele a quem já chamava de seu segundo pai!

— Meus amigos — disse ele, mal contendo as lágrimas, — precisamos achá-lo! Não podemos abandoná-lo assim! Não há vale, precipício, abismo, que não deva ser esquadrinhado até o fundo! Vocês me amarrarão com uma corda, e eu descerei! Permita Deus que Robert ainda esteja vivo! Sem ele, como atreveríamos a nos apresentar diante de seu pai, e com que direito havemos de salvar o capitão Grant, se a sua salvação custou a vida do filho!

Os companheiros de Glenarvan escutavam-no calados, procurando manter as esperanças.

— E então, não me escutaram? Não têm esperança! — redargüiu Glenarvan.

— Quem se lembra do momento em que Robert desapareceu? — disse Mac-Nabs, depois de mais alguns minutos de silêncio.

Ninguém respondeu esta pergunta.

— Ao menos — tornou o major, — saberão de quem ele estava perto, na ocasião da descida da Cordilheira?

— Estava junto a mim — respondeu Wilson.

— Até que momento o viu junto de você? Faça um esforço!

— Tudo o que me lembro — prosseguiu Wilson, — foi de ver Robert agarrado a um montículo de musgo, poucos minutos antes do choque que parou a nossa descida.

— Poucos minutos! Lembre-se bem, Wilson. Os minutos devem ter-se parecidos bem longos! Não está enganado?

— Não creio que esteja. É isso mesmo! Pouco tempo antes... menos de dois minutos!

— E ele estava à sua esquerda ou à sua direita? — prosseguiu Mac-Nabs.

— À minha esquerda. Lembro-me que seu poncho batia em meu rosto.

— E você, em relação a nós, como estava colocado?...

— Também à esquerda.

— Portanto, Robert só pode ter desaparecido deste lado — disse o major, voltando-se para a parte da montanha compreendida entre o solo e 4 quilômetros de altura. — É aí que temos que procurá-lo, e aí que vamos encontrá-lo!

Não se disse nem mais uma só palavra. Os seis homens, subindo as rampas, postaram-se em fila pelo dorso da montanha, e começaram a exploração. Não se afastavam do lado direito da linha por onde tinham descido, e esquadrinharam as menores fendas, desceram ao fundo dos precipícios, em parte atulhados pelos destroços do desabamento, e mais de um dos exploradores, depois de haver arriscado a vida, de lá saía com a roupa em frangalhos, pés e mãos ensangüentados. Toda aquela porção dos Andes, exceto alguns platôs inacessíveis, foi escrupulosamente esquadrinhada durante muitas horas, sem que nenhum daqueles homens intrépidos se lembrasse de descansar. Contudo, nada encontraram.

Por volta de uma hora, Glenarvan e seus companheiros, mortos de cansaço, achavam-se outra vez no fundo do vale. Glenarvan entregara-se ao desespero, e repetia sem cessar:

— Não irei daqui sem ele! Não irei daqui sem ele!

Todos compreendiam seu desespero, e respeitaram-no.

— Esperemos — disse Paganel ao major e a Tom Austin. — Vamos descansar, repor as forças. Precisaremos delas, quer para retomarmos nossas buscas, quer para continuarmos o nosso caminho.

— Muito bem. E vamos ficar, já que Edward quer ficar! Mas o que ele espera? — redargüiu Mac-Nabs.

— Só Deus sabe — disse Tom Austin.

— Pobre Robert! — disse Paganel, enxugando as lágrimas.

No vale crescia grande número de árvores, e o major escolheu uma boa sombra para estabelecer o acampamento provisório. Algumas cobertas, as armas, um pouco de carne-seca e arroz, eis o que restava aos viajantes. Um rio corria pouco distante dali, o qual forneceu uma água ainda turva, por conta do último desabamento das neves. Mulrady acendeu o fogo, e momentos depois oferecia a Glenarvan uma bebida quente e reconfortante. Mas Glenarvan recusou-a, estendido em estado de prostração.

O dia passou-se assim, e a noite chegou, tranqüila e serena como a precedente. Enquanto os seus companheiros dormiam, Glenarvan tornou a subir pela Cordilheira. Ia atento, e aventurou-se bem longe, escutando, ansioso, chamando pelo rapaz com desespero.

Durante a noite toda o pobre lorde vagou pela montanha. Uma ou outra vez, Paganel e o major o seguiam, prontos a socorrê-lo nas cristas escorregadias, e também para evitar que se aproximasse dos abismos para onde o atraía a sua inútil imprudência. Foram inúteis os seus esforços, porém. Só o eco respondeu aos seus apelos desesperados.

O dia rompeu e foi preciso buscar Glenarvan nos pontos elevados da montanha, e mesmo assim contra a vontade dele. O seu desespero era terrível. Quem ousaria lhe propor abandonar aquele vale funesto? Contudo, os víveres escasseavam. Perto dali provavelmente deviam encontrar os guias argentinos anunciados pelo arrieiro, e os cavalos necessários para atravessarem os Pampas. Voltar para trás oferecia mais dificuldades do que avançar. E, além disso, haviam combinado encontrar-se com o pessoal do *Duncan*. Todas estas razões graves tornavam urgente a partida.

Mac-Nabs tentou arrancar Glenarvan à sua dor. Falou por muito tempo, sem que o amigo parecesse ouvi-lo. Glenarvan abanava a cabeça

— Partir? — disse ele, finalmente.

— Sim, partir!

— Mais uma hora!

— Pois seja mais uma hora — redargüiu o digno major.

E decorrido este tempo, Glenarvan pediu ainda mais uma hora. Parecia um condenado, implorando a prolongação da existência. Assim ficaram até quase o meio-dia. Então Mac-Nabs, seguindo o parecer de todos, foi firme com Glenarvan a respeito da necessidade de se partir, já que a vida dos seus companheiros dependia disto.

— Sim! Sim! — redargüiu Glenarvan. — Vamos partir!

Mas desviava os olhos de Mac-Nabs; o seu olhar fixava um ponto negro nos ares. De repente, ergueu a mão e pareceu ficar petrificado.

— Olhem! Olhem! — gritou ele.

Todos os olhares se dirigiram para o céu, na direção que ele apontava. O ponto negro aumentava de volume. Parecia um pássaro gigantesco.

— Um condor! — exclamou Paganel.

— Sim, um condor! — repetiu Glenarvan. — Quem sabe! Esperemos!

O que ele esperava? Estaria tendo alucinações? "Quem sabe", dissera ele. Paganel não se enganara. O condor tornava-se mais e mais visível. Esta ave magnífica, reverenciada pelos incas, é o rei dos Andes meridionais. Nestas regiões atinge um desenvolvimento extraordinário. Tem força prodigiosa, e muitas vezes precipita bois inteiros no fundo dos abismos. Ataca carneiros, cabritos e pequenos vitelos que vagueiam pelas planícies, e eleva-se nos ares a grande altura. Com seu olhar potente, mesmo nestas alturas onde o olhar humano não o alcança, o grande pássaro é capaz de distinguir até pequenos objetos.

O que o condor tinha visto? Talvez o cadáver de Robert Grant! "Quem sabe?", repetia Glenarvan, sem o perder de vista. O enorme pássaro aproximava-se e bem depressa começou a descrever grandes círculos a poucos metros do solo. Distinguiram-no perfeitamente. Media mais de 4 metros de uma asa à outra, que quase não se movimentavam, porque é próprio das grandes aves voar com majestosa tranqüilidade, enquanto que os insetos, para se sustentarem nos ares, precisam de mil movimentos de asas por segundo.

O major e Wilson tinham pegado as carabinas. Glenarvan deteve-os com um gesto. O condor rodeava uma espécie de platô inacessível, situado a poucos metros das faldas da Cordilheira. Girava com vertiginosa rapidez, abrindo e fechando as temíveis garras.

— Ali! Ali! — exclamou Glenarvan, e então, teve uma idéia: — Se Robert ainda está vivo... este pássaro! Abram fogo, meus amigos, atirem!

Mas já era tarde. O condor desaparecera por trás de umas elevações da rocha. Um segundo, que no entanto pareceu um século para aqueles homens, foi o tempo que demorou para o pássaro reaparecer, elevando-se com dificuldade.

Ouviu-se um grito de horror. Suspenso nas garras da ave, o corpo inanimado de Robert Grant balançava! O pássaro gigantesco elevou-se nos ares, a menos de cinqüenta metros do acampamento. Avistara os viajantes, e agora tentava fugir com a pesada presa.

— Antes o cadáver de Robert se despedace sobre os rochedos do que sirva de...

Lorde Glenarvan nem concluiu a frase, porque Wilson apontou a carabina na direção do condor. O braço tremia-lhe e a vista estava turva.

— Deixe-me atirar — disse o major.

E com olhar firme, mão segura, apontou para a enorme ave. Mas não tinha ainda colocado o dedo no gatilho, quando ecoou no fundo do vale a detonação de uma carabina, e entre dois pedaços de rocha subiu uma espiral de fumaça, e o condor, ferido na cabeça, foi caindo vagarosamente, sustentado pelas enormes asas abertas, que formavam uma espécie de pára-quedas. Não largara a presa, e foi com alguma lentidão que tocou o solo, a dez passos da borda do rio.

— Acudam! Acudam! — exclamou Glenarvan.

E sem indagar de onde partira o tiro providencial, correu para o condor, seguido por seus companheiros.

Quando chegaram, o condor estava morto, e o corpo de Robert desaparecia-lhe sob as enormes asas. Glenarvan lançou-se sobre o corpo do jovem, arrancou-o das garras do pássaro, e então, estendendo-o sobre a planície, encostou o ouvido ao peito daquele corpo inanimado.

Um grito de alegria escapou dos lábios do lorde, no momento em que ele se ergueu:

— Está vivo! Está vivo!

Retiraram as roupas de Robert e o banharam com água fresca. O rapaz então voltou a si, e olhando ao redor, disse:

— Ah! É o senhor, milorde!... meu pai!

Glenarvan não pôde responder, sufocava-o a emoção, e ajoelhando-se, pôs-se a chorar junto do rapaz, tão milagrosamente salvo.

Suspenso nas garras da ave, o corpo inanimado de Robert Grant balançava!

15

O ESPANHOL DE JACQUES PAGANEL

Depois do enorme perigo do qual escapara, o jovem não correu outro menor, o de ser sufocado pelos carinhos. Apesar de estar muito fraco, nenhuma daquelas excelentes criaturas resistiu ao desejo de abraçar o rapaz. E, pela melhora que apresentou, pode-se concluir que abraços não fazem mal a doentes.

Depois que se acalmaram um pouco, todos começaram a pensar em quem havia salvado o rapaz, na realidade. A cinqüenta passos dali, um homem de estatura muito elevada erguia-se imóvel sobre uma das primeiras chapadas da montanha. Aos seus pés jazia uma comprida espingarda. Este homem, que aparecera repentinamente, tinha ombros largos e cabelos compridos, amarrados com cordões de couro. Tinha mais de 1,80 m, pele bronzeada, e o rosto pintado de vermelho, entre os olhos e a boca, de negro na pálpebra inferior, e de branco na testa. Vestia-se à moda dos patagões das fronteiras, trazia um esplêndido manto decorado de arabescos vermelhos, feito do avesso da pele do pescoço e das pernas de um guanaco, costurado com tendões de avestruz, e cuja lã sedosa estava voltada para a parte interna. Por baixo do manto trajava uma pele de raposa, apertada na cintura, que terminava em ponta. Da cintura pendia-lhe um saquinho, contendo as tintas que lhe serviam para pintar o rosto. Calçava botas feitas de pedaços de couro de boi, e seguras no tornozelo por meio de correias cruzadas regularmente.

O rosto do patagão era imponente e denotava verdadeira inteligência, apesar da mistura exótica de cores que o enfeitava. Estava numa atitude de expectativa, porém cheia de dignidade. Ao vê-lo imóvel e grave em seu pedestal de rochedos, seria fácil tomá-lo por uma estátua.

Assim que o major notou o desconhecido, mostrou-o a Glenarvan, que correu para ele. O patagão deu dois passos à frente. Glenarvan estendeu-lhe a mão e trocaram um forte aperto de mão. Havia no olhar de Glenarvan uma tal expressão de reconhecimento, que o estranho não pôde deixar de notar. Inclinou a cabeça, pronunciando algumas palavras que nem o major nem Glenarvan puderam compreender.

Então o patagão, depois de olhar atentamente para os estrangeiros, mudou de linguagem; mas a despeito dos seus esforços, o novo idioma não foi mais compreendido melhor que o primeiro. Contudo, certas expressões de que o indígena se serviu, chamaram a atenção de Glenarvan. Pareceu-lhe que eram da língua espanhola, da qual conhecia algumas palavras.

— Espanhol? — perguntou ele.

O patagão balançou a cabeça, afirmativamente.

— Bem — exclamou o major, — temos aqui uma tarefa para nosso amigo Paganel! Felizmente ele teve a idéia de aprender espanhol!

Chamaram então Paganel, que acudiu logo, e cumprimentou o patagão com uma elegância puramente francesa, e que provavelmente passou desapercebida ao indígena. O geógrafo foi então colocado a par da situação.

— Muito bem — disse ele, e abrindo bem a boca, a fim de articular melhor as palavras, disse, em seu melhor espanhol: — *O senhor é um homem de bem*!

O indígena apurou o ouvido, e não respondeu.

— Ele não compreende — disse Paganel, voltando-se para os companheiros.

— Talvez seja a sua pronúncia! — alertou o major.

— Tem razão. Maldita pronúncia!

E Paganel tornou a proferir seu cumprimento, obtendo o mesmo resultado.

— Mudemos de frase — disse ele. E pronunciando bem lentamente, disse: — *O senhor é patagão?*

O estranho permaneceu em silêncio.

— *Pode me responder?* — acrescentou Paganel.

O patagão ainda desta vez não respondeu.

— *Compreende?* — bradou Paganel, gritando tanto, que quase ficou sem voz.

O índio não entendia, era certo, porque respondeu, mas em espanhol:

— *No compreendo.*

Desta vez foi Paganel quem ficou espantado, puxando os óculos para a testa, irritado.

— Que me enforquem se entendo palavra desta embrulhada! Ele respondeu, com certeza, na língua da Aracania!

— Não! — redargüiu Glenarvan. — Esse homem respondeu em espanhol, tenho certeza!

— E voltando-se para o patagão, disse:

— *Español?*

— *Si, si* — respondeu o indígena.

O espanto de Paganel tornou-se estupefação. O major e Glenarvan trocaram olhares.

— Venha cá, meu sábio amigo — disse o major, ao mesmo tempo em que um leve sorriso lhe aparecia nos lábios. — Será que o senhor não cometeu mais um dos seus famosas enganos?

— O que? — exclamou o geógrafo, apurando o ouvido.

— Ora, é evidente que este patagão fala espanhol...

— Ele?

— Sim! Quem sabe se o senhor não estudou outra língua, julgando estar estudando...

Mac-Nabs não concluiu. Um "oh!" formidável do sábio, acompanhado de um leve encolher de ombros, atalhou-lhe a frase.

— Major, o senhor está indo longe demais — replicou Paganel, secamente.

— Mas, se o senhor não o compreende! — observou o major.

— Não compreendo porque este indígena fala mal! — replicou Paganel, que começava a impacientar-se.

— Quer dizer que ele fala mal, porque o senhor não compreende — tornou o major, com tranqüilidade.

— Mac-Nabs — disse então Glenarvan, — isso é impossível. Por mais distraído que seja o nosso amigo Paganel, não se pode supor que sua distração chegasse a tal ponto de estudar uma língua tomando-a por outra!

— Então, meu caro Edward, ou melhor, meu caro Paganel, me explique o que está acontecendo!

— Não explico, comprovo! — respondeu Paganel. — Eis o livro onde todos os dias me exercito nas dificuldades da língua espanhola! Veja, major, e verá se estou enganado!

Dito isto, Paganel vasculhou seus pertences, puxou um volume em muito mau estado, e apresentou-o com ar seguro. O major então examinou o livro.

— Muito bem, que obra é esta? — perguntou ele.

— Os *Lusíadas* — respondeu Paganel, — uma admirável epopéia, que...

— Os *Lusíadas!* — exclamou Glenarvan.

— Sim, meu amigo, os *Lusíadas* do grande Camões, nem mais nem menos!

— Camões — repetiu Glenarvan, — mas, meu distraído amigo, Camões é português. É, portanto a língua portuguesa que o senhor aprende a algumas semanas.

— Camões! *Lusíadas!* português!...

115

Paganel não disse mais nada, só escutando a gargalhada homérica dos amigos.

O patagão continuava impassível, esperando a explicação do incidente, absolutamente incompreensível para ele.

— Ah! Que insensato! — disse afinal Paganel. — Então, não é verdade que confundi as línguas? Ah, meus amigos! Não bastasse querer ir para a Índia e chegar ao Chile, agora estudo espanhol e falo português! Se continuar assim, um dia eu me jogo pela janela, ao invés de jogar fora o charuto! Isso é demais!

Ao ver Paganel encarar assim sua desventura, era impossível manter a seriedade. Além disso, ele mesmo dava o exemplo, dando gostosas gargalhadas.

— A verdade é que estamos sem intérprete — disse o major.

— Oh, não se aflijam! — redargüiu Paganel. — O português e o espanhol são bem parecidos, e dentro em pouco estarei apto a agradecer este digno patagão na língua que ele fala tão bem.

Paganel tinha razão, e dentro em pouco já trocava algumas palavras com o indígena; chegou até a descobrir que seu nome era Thalcave, palavra que na língua araucania significa "Trovejante". Este nome provinha, certamente, da sua perícia com o manuseio das armas de fogo.

Mas o que Glenarvan mais gostou de saber foi que o patagão era guia, e nos Pampas! Havia neste encontro algo de tão providencial, que ninguém pôs em dúvida a salvação do capitão Grant.

Os viajantes e o patagão voltaram para junto de Robert. O jovem estendeu os braços para Thalcave, que sem pronunciar uma só palavra, examinou o jovem. Em seguida, colheu um punhado de aipo silvestre na margem do rio, e então friccionou o corpo dolorido do rapaz. Graças a este tratamento, feito com extrema delicadeza, o jovem sentiu renascerem-lhe as forças, ficando claro que bastariam algumas horas de repouso para o seu completo restabelecimento.

Resolveu-se então que aquele dia e a noite seguinte seriam passadas no acampamento. Além disso, haviam duas graves ques-

O Patagão Thalcave.

tões a serem resolvidas: transporte e alimento, já que faltavam mulas e víveres. Felizmente haviam encontrado Thalcave. Ele era um guia experiente, acostumado a conduzir viajantes ao longo das fronteiras patagãs, e encarregou-se de fornecer a Glenarvan tudo o que faltava à sua pequena caravana. Ofereceu-se também para conduzi-los a um acampamento indígena, há cerca de quatro ou cinco quilômetros dali, e onde poderiam encontrar o necessário à expedição. A proposta foi feita metade em espanhol, que Paganel conseguiu compreender, e metade por meio de gestos, e foi logo aceita. E então, Glenarvan e Paganel, despedindo-se dos seus companheiros, tornaram a subir o rio, conduzidos pelo patagão.

Caminharam a passos largos e ritmo apressado, para poderem acompanhar o gigante Thalcave, durante cerca de uma hora e meia. Toda esta região andina era encantadora e de uma fertilidade admirável. As pastagens abundantes sucediam-se, e poderiam alimentar um rebanho de cem mil cabeças, com folga. Lagos imensos, ligados entre si pela rede inextricável dos rios, forneciam às planícies fecunda umidade. Cisnes de cabeça negra descreviam na água giros caprichosos, e disputavam o domínio das águas com numerosas avestruzes. Os "isacas", graciosas rolas de penas escuras listradas de branco, e os cardeais amarelos espanejavam-se sobre os ramos das árvores como se fossem flores vivas; os pombos-de-arribação atravessavam o espaço, e toda a corte emplumada do gênero pardal, os "chingolos", os "hilgueros" e os "monjitas" folgavam voando velozmente, e enchiam o ar com seus gritos penetrantes.

Jacques Paganel admirava-se cada vez mais; as interjeições saíam-lhe continuadamente dos lábios, para espanto do patagão, que achava muito natural haver pássaros no ar, cisnes nos lagos e grama nos prados. O sábio não teve como arrepender-se do passeio, nem de queixar-se da sua duração. Na verdade, teve a sensação de que o passeio tinha sido curto demais.

O acampamento índio ocupava um vale apertado entre os rochedos que serviam de base aos Andes. Viviam ali, abrigados por cabanas feitas de ramos, uns trinta indígenas nômades, que andavam de uma pastagem para outra, transportando grande número de vacas, carneiros, bois e cavalos.

Tipo híbrido das raças dos araucanios, dos feenchos, e dos aucas, estes ando-peruvianos de cor azeitonada, estatura mediana, testa baixa, face quase circular, lábios delgados, maçãs do rosto salientes, feições afeminadas e fisionomia glacial, não ofereciam aos olhos de um antropologista o caráter das raças puras. Eram, em suma indígenas pouco interessantes. Mas Glenarvan só se interessava pelos seus rebanhos, já que a ele importava obter cavalos e bois, e mais nada.

Thalcave incumbiu-se das negociações, que não foram demoradas. Em troca de sete cavalos de raça argentina, completamente arreados, de alguns quilos de carne-seca, arroz e vários odres para água, os índios, na falta de vinho ou rum, sua moeda preferida, aceitaram vinte onças de ouro. Glenarvan quis comprar mais um cavalo para o patagão, mas este o fez compreender que era inútil.

Concluída a transação, Glenarvan despediu-se de seus "fornecedores", segundo expressão de Paganel, e chegou ao acampamento em menos de meia hora. O seu regresso foi acolhido com aclamações, pois todos estavam famintos. Todos comeram com apetite, inclusive Robert, que melhorava gradualmente.

O resto do dia foi tirado para o descanso. Falou-se de tudo, mas principalmente do *Duncan* e de todas as pessoas queridas que lá estavam e da sua valente tripulação, assim como do capitão Harry Grant, que não estava, talvez, muito longe.

Quanto a Paganel, tornou-se a sombra de Thalcave. Sua satisfação era enorme ao ver-se ao lado de um verdadeiro patagão. Perseguia o grave índio com palavras espanholas, e Thalcave mostrava-se indiferente a esta perseguição. O geógrafo estudava, mas desta vez sem livro. Ouviam-no pronunciar as palavras, com grande esforço.

— Se desta vez não aprender a pronúncia — repetia ele ao major, — não podem me culpar! Mas quem havia de dizer que seria um patagão que iria me ensinar espanhol!

16

O RIO COLORADO

No dia seguinte, 22 de outubro, às oito horas, Thalcave deu o sinal de partida. O solo argentino, entre o vigésimo segundo e o quadragésimo segundo grau, inclina-se do ocidente para o oriente; os viajantes só tinham que descer um suave declive até ao mar.

Quando o patagão recusou o cavalo, Glenarvan pensou que ele preferia ir a pé, segundo o costume de certos guias, mas ele estava enganado. No momento de partir, Thalcave assobiou de um modo particular, e no mesmo instante um magnífico cavalo argentino, bem grande, saiu de um pequeno bosque, obedecendo ao chamamento do dono. Era um animal perfeito; a sua cor castanha indicava um cavalo de raça, valente; tinha a cabeça bem desenhada, ventas muito abertas, olhar ardente, jarretes grandes, peito elevado, isto é, todas as qualidades que constituem a força e rapidez. Como profundo conhecedor, o major admirou sem reservas aquele exemplar da raça dos Pampas, no qual achou algumas semelhanças com o "hinter" inglês. Chamava-se "Thaouka", isto é, "pássaro" em língua patagã e o qualificativo era bem merecido.

Quando Thalcave montou, todos não puderam deixar de notar que o patagão tinha um aspecto magnífico. O seu equipamento constava de dois instrumentos de caça usados nas planícies argentinas, as bolas e o laço. As bolas são três esferas reunidas por uma correia de couro, presa na parte dianteira do arreio. O índio atira-as às vezes a cem passos de distância sobre o animal, ou sobre o inimigo a quem persegue, e com uma precisão tal, que se lhe enrolam em volta das pernas, fazendo-o cair. Manejados com habilidade, são um instrumento terrível. O laço, pelo contrário, não abandona a mão que o brande. Compõe-se de uma espécie de corda do comprimento de uns dez metros, feita de duas tiras de couro bem entrelaçadas, e terminada por um nó corredio que desliza numa argola de ferro. É este nó corredio que a mão direita arremessa, enquanto a esquerda segura o resto do laço, cuja extremidade está solidamente presa na sela. Uma grande carabina completava as armas do patagão.

Thalcave, sem reparar na admiração causada por seu porte magnífico e altiva desenvoltura, colocou-se à frente da caravana, e se puseram a caminho, indo algumas vezes a galope, outras no trote. Robert montava com desembaraço, o que tranqüilizou Glenarvan a respeito da aptidão do jovem para se agüentar na sela.

A planície dos Pampas começava mesmo no sopé da Cordilheira. Pode-se dividir em três partes esta planície: a primeira parte da Cordilheira estende-se numa área de 400 quilômetros, recoberta por árvores pouco elevadas e mato. A segunda, com cerca de 700 quilômetros, é coberta por uma erva magnífica, e termina a cerca de 300 quilômetros de Buenos Aires. Daqui até ao mar, os viajantes atravessam um grande número de vastas planícies cobertas de luzerna e cardos. É a terceira parte dos Pampas.

Saindo da Cordilheira, a caravana de Glenarvan encontrou uma grande quantidade de bancos de areia chamados "medanos", verdadeiras vagas incessantemente agitadas pelo vento, quando a raiz dos vegetais não solidifica o solo. A areia é de extrema finura; por isso, ao menor sopro, viam-na levantar-se em ligeiras nuvens ou formar verdadeiras trombas que se elevavam a altura considerável. Este espetáculo era divertido, porque nada mais curioso do que as trombas vagando pela planície, lutando, misturando-se, abaixando-se e levantando-se em indescritível desordem. Mas isto também trazia enorme incômodo aos olhos, porque a areia entrava nos olhos, por mais fechados que estivessem.

Este fenômeno durou grande parte do dia, sob a ação do vento norte. Isso não impedia que se marchasse rapidamente, e por volta das seis horas a Cordilheira estava distante setenta quilômetros, apresentando um aspecto negro, e que ia desaparecendo nas primeiras sombras da noite.

Os viajantes estavam um pouco fatigados da jornada, de cerca de sessenta quilômetros. Por isso, foi com prazer que viram chegar a hora de deitar. Acamparam nas margens do Neuquem, rio caudaloso, de águas turvas, cujo leito é cavado entre penedias de cor avermelhada. O Neuquem é chamado Ramid ou Como por alguns geógrafos, e nasce no meio de lagos que só os índios conhecem.

O dia e a noite que se seguiram não ofereceram nenhum incidente notável. Caminhava-se depressa. Ao meio-dia, porém, o sol estava muito quente. À tarde, uma faixa negra listrou o horizonte do sudoeste, sintoma seguro de mudança de tempo. O patagão não podia iludir-se, e indicou ao geógrafo a zona ocidental do céu.

— Ele está dizendo que o tempo está mudando. Vamos apanhar uma lufada do "pampero" — informou Paganel.

E explicou que o *pampero* é freqüente nas planícies argentinas, sendo um vento sudoeste, muito seco. Thalcave não se enganara, e durante a noite, que foi bastante penosa para as pessoas que só tinham um simples poncho, o *pampero* soprou com bastante força. Os cavalos deitaram-se no chão, e os homens cerraram-se ao pé deles. Glenarvan receava atrasar muito a viagem se o tufão se prolongasse, mas Paganel o tranqüilizou.

— O *pampero* produz tempestades de três dias de duração, ou então se contenta com algumas lufadas furiosas. E é isto que o barômetro esta indicando. Sossegue, amigo, que ao romper do dia, o céu terá recuperado sua habitual pureza.

— Fala como um livro, Paganel — retorquiu Glenarvan.

— Eu sou um livro, que vocês podem folhear sempre! — replicou Paganel.

O sábio não se enganara. À uma hora da madrugada o vento acalmou-se subitamente, e todos puderam descansar num sono reparador. No dia seguinte, levantaram-se frescos e bem dispostos, principalmente Paganel, o mais animado da caravana.

Era o dia 24 de outubro, e o décimo desde que tinham partido de Talcahuano. Duzentos e cinqüenta quilômetros ainda os distanciava do ponto onde o Rio Colorado corta o paralelo trinta e sete, isto é, três dias de viagem. Enquanto atravessava esta parte do continente americano, lorde Glenarvan observava com atenção a aproximação dos indígenas. Queria interrogá-los a respeito do capitão Grant, usando o patagão como intermediário, apesar de Paganel já começar a se fazer entender menos mal. Mas a linha seguida era pouco freqüentada pelos índios, porque as estradas do Pampa que conduzem da república Argentina à Cordilheira ficam mais ao norte. Por isso, índios errantes ou tribos sedentárias vivendo sob a lei dos caciques não eram encontradas. Se acaso algum cavaleiro nômade aparecia ao longe, fugia rapidamente, evitando encontrar gente desconhecida. E a caravana devia parecer suspeita a qualquer um que se aventurasse sozinho na planície, tanto ao bandido, cuja prudência se assustava com a visão de oito homens bem armados e bem montados, como ao viajante, que naquelas paragens bem os podia tomar por gente mal-intencionada. De tudo isso provinha uma absoluta impossibilidade de se comunicarem seja com gente de bem, seja com salteadores. Era o caso de lastimarem não topar com um bando de "rastreadores", bandidos da campina, ainda que tivessem de travar conversa com eles a tiros de espingarda.

Mas se Glenarvan, para o bem de suas pesquisas, deplorou a ausência dos índios, um incidente veio, singularmente, justificar a interpretação do documento.

Muitas vezes o caminho seguido pela expedição cortou várias estradas do Pampa, entre outras, uma bem importante — a de Carmen a Mendoza, — a qual se reconhecia pelas ossadas de animais domésticos, de mulas de cavalos, de carneiros, de bois. Eram milhares de ossos, e com certeza mais de um esqueleto humano se confundia no pó com o dos humildes animais.

Até ali Thalcave não fizera observação alguma sobre o caminho seguido. Compreendia, contudo, que não se ligando esse caminho com alguma via dos Pampas, não iria chegar às vilas ou aldeias, nem aos estabelecimentos das províncias argentinas. Todas as manhãs tomavam a direção do sol nascente, sem se afastarem da linha reta, e todas as tardes o sol poente se achava na extremidade oposta daquela direção. Na qualidade de guia, Thalcave devia admirar-se ao ver que não só ele não guiava, mas que o estavam guiando. A reserva natural dos índios, no entanto, fez com que não se pronunciasse. Mas naquele dia, tendo chegado à esta via, parou o cavalo e voltou-se para Paganel:

— Estrada de Carmen — disse.

— Muito bem, estrada de Carmen a Mendoza — respondeu Paganel, no melhor espanhol que pôde pronunciar.

— Vamos nela? — perguntou Thalcave.

— Não — replicou Paganel.

— E vamos...?

— Sempre para o oriente.

— Será ir a parte alguma.

— Quem sabe?

Thalcave calou-se, e olhou para o sábio profundamente surpreso. Não admitia, porém, que Paganel gracejasse, mesmo que levemente. Um índio, criatura sempre séria, não imagina que lhe falem senão a sério.

— Não vai então a Carmen? — tornou ele, após um momento de silêncio.

— Não — respondeu Paganel.
— Nem a Mendoza?
— Também não.
Neste momento Glenarvan, tendo-se reunido a Paganel, pediu que ele perguntasse a Thalcave o motivo da parada.
— Ele perguntou-me se íamos para Carmen ou Mendoza, e admirou-se com a minha resposta negativa.
— De fato, deve achar nosso caminho extraordinário — replicou Glenarvan.
— Também creio. Disse que estamos indo a parte alguma.
— Ora, Paganel, não poderia explicar-lhe o motivo de nossa expedição, e o interesse que temos em caminhar sempre na direção do oriente?
— Será difícil, já que um índio não entende nada de graus terrestres, e a história do documento irá lhe parecer um conto fantástico.
— Mas — observou o major, com seriedade, — será a história que ele não compreende, ou o historiador?
— Ah, Mac-Nabs! Já está você duvidando do meu espanhol novamente!
— Pois então experimente, amigo!
— Experimentarei.
Paganel voltou-se para o patagão, e começou um discurso freqüentemente interrompido pela falta de palavras, pela dificuldade de certas particularidades, e de explicar a um selvagem, quase ignorante, fatos pouco compreensíveis para ele. Era curioso ver o sábio gesticulando, articulando com dificuldade, enquanto suava em bicas. Quando a língua falhava, vinham as mãos em auxílio. Paganel apeou, traçou um mapa no chão, onde se cruzavam as latitudes e longitudes, onde figuravam os dois oceanos, onde se estendia a estrada de Carmen. Nunca professor algum se viu em tal embaraço. Thalcave olhava para tudo aquilo com ar tranqüilo, sem dar a conhecer se compreendia ou não.

A lição do geógrafo durou mais de meia hora. Depois calou-se, enxugou o rosto, e olhou para o patagão.

— Ele compreendeu? — perguntou Glenarvan.

— Veremos — respondeu Paganel, — mas, se não compreendeu, desisto.

Thalcave não se movia, e estava em silêncio. Continuava com os olhos fixos nas figuras traçadas sobre a areia, que o vento ia apagando aos poucos.

— Então? — perguntou-lhe Paganel.

Thalcave pareceu não o ouvir. Paganel via já um sorriso irônico esboçar-se nos lábios do major, e querendo manter intacta sua honra de sábio, ia recomeçar novamente suas demonstrações geográficas, quando o patagão o deteve com um gesto.

— Procuram um prisioneiro? — perguntou ele.

— Sim! — respondeu Paganel.

— É exatamente nesta linha compreendida entre o sol que se esconde e o sol que nasce — acrescentou Thalcave, determinando o caminho do oriente para o ocidente à maneira indígena.

— Sim, sim, é isso!

— E foi o seu Deus quem confiou às ondas do vasto mar os segredos do prisioneiro?

— Isso mesmo!

— Então, seja feita a sua vontade — redargüiu Thalcave, com ar solene — marcharemos para o oriente, e se for preciso, iremos até ao sol!

Triunfante, Paganel tratou de traduzir aos companheiros as respostas do índio.

Glenarvan então pediu para Paganel perguntar ao patagão se ele tinha escutado algo sobre estrangeiros que houvessem caído prisioneiros dos índios dos Pampas.

Paganel fez a pergunta, e todos aguardaram ansiosos.

— Talvez — disse o patagão.

Ao ter esta resposta traduzida, Thalcave viu-se rodeado pelos sete viajantes, que o olhavam ansiosos.

Paganel, comovido, encontrando dificuldade com as palavras de que precisava, retornou a tão interessante interrogatório, enquanto que os seus olhos, fixos no rosto grave do índio, procuravam surpreender a resposta antes dela lhe sair dos lábios.

Cada uma das palavras do patagão era repetida por ele em inglês, de modo que os seus companheiros ouviam Thalcave como se ele falasse na língua deles.

— E esse prisioneiro? — perguntou Glenarvan.

— Era um estrangeiro — respondeu Thalcave, — um europeu.

— Chegou a vê-lo?

— Não, mas fala-se dele nas narrativas dos índios! Era um bravo! Tinha um coração de touro!

— Um coração de touro! — exclamou Paganel. — Ah! magnífica língua patagã! Compreendem, meus amigos! Um homem corajoso!

— Meu pai! — exclamou Robert Grant.

Dirigindo-se a Paganel, perguntou-lhe:

— Como se diz "*é meu pai*" em espanhol?

— *Es mi padre* — respondeu Paganel.

No mesmo instante Robert, pegando nas mãos de Thalcave, disse com voz meiga:

— *Es mi padre!*

— *Su padre!* — retorquiu o patagão, cujo olhar se iluminou subitamente.

Tomou o jovem nos braços, levantou-o do cavalo e contemplou-o com a mais curiosa simpatia. No seu olhar inteligente manifestava-se uma serena comoção.

Mas Paganel não terminara o interrogatório. O prisioneiro onde estava? O que fazia? Quando foi que Thalcave ouviu falar dele? Todas estas perguntas lhe afluíam ao mesmo tempo ao espírito.

As respostas não demoraram, e souberam que o europeu era escravo de uma das tribos indígenas que percorriam o país entre o Colorado e o Rio Negro.

— Mas onde ele estava ultimamente? — perguntou Jacques Paganel.

— Com o cacique Clafoucura — respondeu Thalcave.

— Na direção em que temos seguido?

— Sim.

— E quem é esse cacique?

— Chefe dos índios poyuchas, homem de duas línguas, de dois corações!

— Quer dizer, falso em palavras, falso em ações — disse Paganel, traduzindo a expressão aos seus companheiros, e acrescentando: — E poderemos salvar nosso amigo?

— Talvez, se ele ainda estiver em poder dos índios.

— E quando foi que você ouviu falar dele?

— Há muito tempo, e desde então o sol já trouxe dois estios ao céu dos Pampas!

A alegria de Glenarvan foi indescritível! A resposta coincidia exatamente com a data do documento. Mas havia ainda uma pergunta a ser feita:

— Fala de um prisioneiro, mas não seriam três?

— Não sei — respondeu Thalcave.

— E nada sabe sobre a sua situação atual?

— Nada.

Isto pôs fim à conversa. Era impossível que os três prisioneiros estivessem separados há muito tempo. Mas o que resultava das informações dadas pelo patagão, era que os índios falavam de um europeu que caíra em seu poder. A época em que o seu cativeiro principiara, o mesmo lugar em que ele devia estar, tudo, até a frase de que o patagão se servira para pintar a coragem daquele homem, tudo se referia, evidentemente, ao capitão Harry Grant.

No dia seguinte, 25 de outubro, os viajantes retomaram a viagem com dobrada animação. A planície, sempre triste e monótona, formava uma dessas áreas sem fim, chamadas na língua do país de "travessias". O solo argiloso, exposto à ação dos ventos, apresentava perfeita horizontalidade; nem uma pedra, nem um calhau, exceto nalguns barrancos áridos e ressecados, ou nas bordas de pântanos artificiais cavados pela mão dos índios. A grandes distâncias apareciam florestas baixas.

A jornada do dia 26 foi fatigante. Tratava-se de alcançar o rio Colorado. Excitados pelos cavaleiros, os cavalos fizeram tal esforço, que naquela mesma tarde, chegaram ao famoso rio da região dos Pampas. O seu nome indígena, *Cobu Leubu*, significa "grande rio", que realmente, após um longo percurso, lança-se no Atlântico. Próximo da sua foz, acontece uma particularidade curiosa: o volume das águas diminui ao aproximar-se do mar, quer por filtração, quer por evaporação, mas a causa deste fenômeno ainda não está determinada.

Chegando ao Colorado, o primeiro cuidado de Paganel foi banhar-se "geograficamente" nas suas águas coloridas por uma argila avermelhada. Ficou surpreso por achar a água profunda, resultado do derretimento das neves sob a influência do primeiro sol do verão. Além disso, a largura do rio era considerável o suficiente para impedir que os cavalos o atravessassem a nado. Felizmente, a poucos metros rio acima, havia uma ponte de vime e barro, sustentada por correias de couro, e suspensa à moda indígena. A pequena caravana pôde atravessar o rio tranqüilamente, e acampar na margem esquerda.

Antes de dormir, Paganel quis tirar uma planta exata do Colorado, e indicou-o no seu mapa com particular cuidado, à falta do Yarou-Dzangbo-Tchou, que corria sem a sua presença nas montanhas do Tibet.

129

Durante os dias seguintes, 27 e 28 de outubro, a viagem correu sem incidentes. O terreno continuou a oferecer a mesma monotonia e esterilidade. Nunca se viu paisagem menos variada e panorama mais insignificante. O solo tornou-se muito úmido. Foi preciso atravessar os charcos. À tarde, os cavalos pararam na borda de um grande lago, de águas mineralizadas, chamado de *lago amargo* pelos índios, e que em 1862 foi testemunha de cruéis represálias por parte das tropas argentinas. Acamparam como o de costume, e a noite teria sido excelente, se não fosse a presença dos macacos, e dos cães selvagens.

17

OS PAMPAS

O Pampa argentino estende-se desde o trigésimo quarto até ao quadragésimo grau de latitude austral. A palavra "Pampa", de origem araucaniana, significa "planície de ervas", e aplica-se com justiça a esta região, já que sua vegetação lhe dá um aspecto particular. Esta vegetação está enraizada numa camada de terra que cobre o solo argilo-arenoso, avermelhado ou amarelo. O geólogo que esquadrinhasse estes terrenos da época terciária acharia grandes riquezas. Ali jazem imensas quantidades de ossadas antediluvianas que os índios atribuem a grandes raças de tatus que desapareceram há muito, e debaixo deste pó vegetal está oculta a história primitiva daquelas regiões.

O Pampa americano é uma particularidade geográfica, como as savanas dos Grandes lagos ou as estepes da Sibéria. O seu clima tem frios e calores mais intensos do que a província de Buenos Aires, apesar de mais continental. Segundo a explicação dada por Paganel, o calor do verão, acumulado no oceano que o absorve, é lentamente restituído por ele durante o inverno. Daí o fato das ilhas terem uma temperatura mais uniforme que os continentes. Por isso também o clima dos Pampas não oferece a igualdade que apresenta nas costas, graças à vizinhança do Atlântico. É sujeito a excessos repentinos, a modificações rápidas que fazem incessantemente saltar de um grau para outro as colunas termométricas. No outono, isto é, durante os meses de abril e maio, as chuvas são freqüentes e torrenciais. Mas na época do ano que então corria, o tempo estava seco e a temperatura bastante elevada.

Os viajantes partiram ao romper do dia, depois de terem verificado o caminho; solidificado pelos arbustos e árvores pequenas, o solo era bem firme; já não se viam os "medanos", nem a areia que os formava, e o vento não trazia mais poeira suspensa.

Os cavalos iam num bom passo, e a certas distâncias, mas cada vez mais raros, os cavalos regalavam-se com uma boa porção de água, encontrada nos baixos úmidos. À frente Thalcave batia o mato, afugentando, entre outros perigos, as cobras. O ágil Thaouka saltava por cima das moitas, ajudando o dono a abrir passagem para os cavalos que o seguiam.

Nestas planícies, perfeitamente horizontais, a viagem prosseguia fácil e rapidamente. Na conformação da campina não se dava alteração alguma, nem pedra, nem um calhau se encontrava numa área de 160 quilômetros. Jamais se vira semelhante monotonia, e por tanto tempo. Não se via nem um acidente inesperado na paisagem! Era preciso ser um Paganel, um destes sábios entusiastas, que vêem onde não há o que ver, para tomar interesse nas particularidades da jornada. Mas, com que propósito? Nem ele o saberia dizer! Uma moita, ou até mesmo um raminho de erva, bastavam para deixá-lo entusiasmado, e instruir Robert, que se deliciava em escutá-lo.

Durante o dia 29 de outubro a planície desenrolou-se diante dos viajantes com a sua infinita uniformidade. Por volta das duas horas, as patas dos cavalos pisaram extensos vestígios de animais. Eram as ossadas de uma imensa manada de bois, amontoadas e esbranquiçadas. No entanto, estes destroços não estavam em linha sinuosa, como os animais as deixam, à medida que vão caindo, exaustos, pela estrada. Por isso, ninguém sabia explicar aquela reunião de esqueletos num espaço relativamente pequeno, nem Paganel, por mais que se esforçasse em desvendar a razão daquele fenômeno. Interrogou, portanto, Thalcave, que não se apertou para responder a tão intrigante questão.

Um "impossível" do sábio e um gesto afirmativo do patagão confundiram os seus companheiros.

— O que é? — perguntaram eles.

— O fogo do céu! — respondeu o geógrafo.

— O que? Quer dizer que um raio causou tamanho desastre? — exclamou Tom Austin.

— É o que disse Thalcave, e ele não se engana. Creio que as tempestades dos Pampas se distinguem pelo furor. Queira Deus que não enfrentemos nenhuma.

— Está fazendo muito calor! — disse Wilson.

— O termômetro está marcando trinta graus, à sombra — redargüiu Paganel.

— Não me admira — disse Glenarvan. — Vamos torcer para que a temperatura caia.

— Não devemos contar com uma mudança de tempo, porque o horizonte está limpo — exclamou Paganel.

— Tanto pior, porque os cavalos estão bem incomodados com esta calmaria! Não está sentindo calor, rapaz? — perguntou lorde Glenarvan, dirigindo-se a Robert.

— Não, milorde, gosto de calor — respondeu o rapaz.

— No inverno principalmente — observou, muito judiciosamente, o major.

Naquela noite pararam próximos de um rancho abandonado, construído com ramos amassados com lodo e coberto de colmo; esta cabana era fronteiriça a um cerrado feito de estacas quase podres, que bastou, contudo, para proteger os cavalos durante a noite dos ataques das raposas.

A alguns passos do rancho havia um buraco que servia de cozinha, e que continha cinzas já frias. No interior havia um banco, uma cama de couro de boi, uma marmita, um espeto e uma chaleira com chá mate. Este chá é bebida usual nesta região, consistindo numa infusão de folhas secas. A pedido de Paganel, Thalcave preparou um pouco desta bebida para servir de acompanhamento à refeição.

No dia seguinte, 30 de outubro, o sol levantou-se envolto num nevoeiro ardente. No entanto, os viajantes retomaram corajosamente a direção do oriente. Encontraram calor e imensos rebanhos que, sem força para pastarem sob tão intenso calor, deixavam-se ficar indolentemente estendidos. Não se via sinal de guardas ou pastores. Alguns cães, habituados a mamar nas ovelhas quando a sede os aperta, eram os únicos vigias daquelas numerosas aglomerações de vacas, touros e bois.

Por volta do meio dia, algumas mudanças se produziram nos Pampas, e que não passaram despercebidas a olhos cansados daquela monotonia. A vegetação tornou-se escassa, e típica das regiões onde falta água. Os sintomas do aumento de secura não podiam ser desprezados, e Thalcave chamou a atenção para o fato.

— Não noto nada — disse Tom Austin, desconsolado, — só mato, mato...

— Sim, mas onde há mato, é porque há água — redargüiu o major.

— Ora, não estamos parados — disse Wilson, — e certamente encontraremos algum rio pelo caminho.

Se Paganel tivesse escutado tal resposta, não deixaria de dizer que os rios eram raros entre o Colorado e as serras da província Argentina; mas naquele momento ele estava entretido em explicar a Glenarvan um fato para o qual o lorde acabava de lhe chamar a atenção.

Há algum tempo a atmosfera parecia estar impregnada de um cheiro de fumaça. Contudo, não se via no horizonte indício algum de fogo, e nada denunciava a existência de um incêndio longínquo. Não se podia atribuir este fenômeno a uma causa natural. Em pouco tempo, o cheiro de queimado tornou-se tão forte que todos ficaram admirados, com exceção de Paganel e Thalcave. O geógrafo então informou aos seus amigos:

— Não vemos o fogo, mas sentimos cheiro de fumaça. Ora, mas não há provérbio tão verdadeiro quanto o que diz que não há fumaça sem fogo. Há fogo em alguma parte, mas como os Pampas são tão planos, que nada atrapalha as correntes atmosféricas, sente-se o cheiro de um incêndio que está a mais de cem quilômetros daqui.

— Mais de cem quilômetros? — replicou o major, em tom pouco convencido.

— Um pouco mais, um pouco menos — afirmou Paganel.

— E devo acrescentar que estes incêndios propagam-se numa velocidade considerável.

— E quem coloca fogo nas campinas? — perguntou Robert.

— Algumas vezes, um raio, quando a erva está seca demais; algumas vezes os próprios índios.

— Mas, para que?

— Eles acham que depois de um incêndio, as gramíneas crescem melhor. Seria um meio de vivificar o solo pela ação das cinzas. Quando a mim, acho que os incêndios são destinados a destruir um tipo de inseto parasita, que incomoda particularmente os rebanhos.

— Mas, isto é tão radical, que deve custar a vida dos animais das campinas! — observou o major.

— Sim, queima alguns, mas que diferença faz, no meio de tamanha quantidade?

— Não me queixo por eles — replicou Mac-Nabs, — eles que se queixem, mas sim pelos viajantes que atravessam os Pampas. Eles podem ser surpreendidos pelas chamas!

— Isso acontece muitas vezes! — exclamou Paganel, com ar de satisfação visível. — Eu gostaria de assistir a tal espetáculo!

— Coisas do nosso sábio — riu Glenarvan, — que bem seria capaz de deixar-se queimar por amor à ciência.

— Isso não, meu caro lorde; mas li as descrições de Cooper e Bas de Cuir, que nos ensina a deter as chamas arrancando a erva à nossa volta num raio de alguns metros. Não há nada mais simples. Por isso não receio um incêndio, aliás, até anseio por um!

Os desejos de Paganel não deviam, porém, realizar-se, e o único calor insuportável que sentiu foi mesmo o do sol. Os cavalos estavam ofegantes por conta da temperatura.Não havia sombra alguma, exceto a de alguma nuvem rala, que mal e mal cobria o disco inflamado do sol.

Quando Wilson dissera que a provisão de água não faltaria, não contara com a sede inextinguível de seus companheiros durante aquele dia; quando acrescentara que haviam de encontrar algum rio pela frente, avançara muito. Com efeito, não só faltavam os rios, porque o terreno plano não lhes oferecia leito favorável, mas também os lagos artificiais escavados pelos índios estavam esgotados. Ao ver os sintomas da seca irem aumentando mais e mais, Paganel perguntou a Thalcave onde poderiam esperar encontrar água.

— No lago Salinas — respondeu o índio.

— E quando chegaremos lá?

— Amanhã à noite!

Geralmente, quando viajam pelos Pampas, os argentinos abrem poços e encontram água a alguns metros de profundidade. Mas os nossos viajantes, privados dos instrumentos necessários, não tinham este recurso. Foi preciso, portanto, estabelecerem rações, e se não sofreram desesperadora sede, ninguém pôde saciá-la completamente.

À noite, depois de uma jornada de 50 quilômetros, fizeram alto. Todos contavam com uma boa noite de sono para descansar do duro dia, mas a noite foi perturbada por uma nuvem importuna de mosquitos. A presença dos insetos indicava uma mudança do vento, o que aconteceu realmente.

Se o major conservava sua habitual impassibilidade até em meio das pequenas misérias da vida, Paganel, ao contrário, irritava-se com as diabruras da sorte. Praguejou e xingou contra toda a raça de mosquitos, e lamentou bastante a privação de água. Apesar do major tentar consolá-lo, dizendo que entre as trezentas mil espécies de insetos que os naturalistas contam, deviam julgar-se felizes por terem que lutar só contra duas espécies, Paganel acordou de mau humor.

Entretanto, não se fez de rogado para partir logo ao amanhecer, porque se tratava de chegar ao lago Salinas naquele mesmo dia. Os cavalos estavam cansados; morriam de sede, mesmo com os cavaleiros tendo se privado em favor deles. A seca tornou-se mais intensa, e o calor não menos intolerável sob a ação do vento poeirento do norte.

Neste dia a jornada foi menos monótona. Mulrady, que marchava à frente, voltou para informar a aproximação de um grupo de índios. Este encontro foi apreciado de diversos modos. Glenarvan pensou em informar-se com eles a respeito dos náufragos do *Britannia*. Quanto a Thalcave, não gostou nada de encontrar no caminho índios nômades; tinha-os na conta de bandidos e ladrões, e tratava sempre de evitá-los. Sob suas ordens, a pequena caravana pôs-se em coluna cerrada, e preparou as armas. Era preciso estar prontos para qualquer eventualidade.

Daí a pouco avistaram o destacamento índio. Eram cerca de dez, o que tranqüilizou o patagão. Os índios chegaram a uns cem passos de distância. Era fácil distingui-los. Pertenciam à raça pampesina, varrida em 1833 pelo general Rosas. A fronte elevada, arqueada, a estatura bem desenvolvida, a cor azeitonada, davam-lhe todos os característicos do bom tipo da raça indígena. Estavam vestidos com peles de guanacos, e traziam além da lança, de um comprimento de cerca de seis metros, facas, fundas, bolas e laços. A destreza com que manejavam os cavalos indicavam que eram bons cavaleiros.

Quando pararam, pareceram estar conferenciando, gritando e gesticulando. Glenarvan avançou para eles, mas nem bem andou, o destacamento virou-se e desapareceu com incrível velocidade. Os cavalos fatigados dos viajantes nunca poderiam alcançá-los.

— Covardes! — exclamou Paganel.

137

— Fogem muito depressa para gente de bem — disse Mac-Nabs.

— Que índios são estes? — perguntou Paganel a Thalcave.

— Gaúchos — respondeu Thalcave.

— Gaúchos — disse Paganel, virando-se para os companheiros, — gaúchos! Então não há necessidade de tomar tantas precauções. Não havia nada a temer!

— Porque? — perguntou o major.

— Porque os gaúchos são gente inofensiva.

— Julga isso, Paganel?

— Decerto. Tomaram-nos por ladrões e fugiram.

— Parece-me mais que não se atreveram a atacar-nos — replicou Glenarvan, muito sentido de não ter podido falar com os indígenas, fossem eles quem fossem.

— É a minha opinião também — disse o major, — porque, se não me engano, longe de serem inofensivos, os gaúchos são, pelo contrário, verdadeiros e temíveis bandidos.

— Ora essa! — exclamou Paganel.

E pôs-se a discutir esta tese etnológica, e com tanta vivacidade, que logrou alterar o major, e arrancou-lhe uma resposta pouco usual.

— Está errado, Paganel.

— Errado? — irritou-se o sábio.

— Sim. O próprio Thalcave tomou aqueles índios por ladrões, e Thalcave sabe muito bem o que deve pensar a respeito deles.

— Pois bem, Thalcave enganou-se desta vez — replicou o sábio, com aspereza. — Os gaúchos são agricultores, pastores, e nada mais, e eu mesmo escrevi um livro a respeito dos indígenas dos Pampas.

— Apesar disso, cometeu um erro, senhor Paganel.

— Eu, um erro, senhor Mac-Nabs?

— Por distração, se assim quer — replicou o major insistindo, — mas dará satisfação de si com uma simples errata na próxima edição.

Muito mortificado por ver os seus conhecimentos geográficos postos em dúvida, Paganel começou a sentir-se de mau humor.

— Saiba, senhor, disse, que os meus livros não precisam de errata dessa espécie!

— Precisam, sim! Pelo menos desta vez — replicou Mac-Nabs, teimosamente.

— Senhor, eu o acho um teimoso! — redargüiu Paganel.

— E eu, acho-o muito grosseiro! — replicou Mac-Nabs.

Ao ver a discussão tomar proporções inesperadas, Glenarvan achou prudente intervir:

— Há de um lado teimosia, e do outro azedume, o que me admira da parte de ambos.

Sem compreender o motivo da disputa, o patagão tinha percebido que os dois amigos discutiam. Pôs-se a sorrir, e disse tranqüilamente:

— É o vento do norte.

— O vento do norte! — exclamou Paganel. — O que tem o vento norte com tudo isto?

— Exato, é o vento do norte que está causando este mau humor em ambos! — atalhou Glenarvan. — Tenho ouvido dizer que irrita principalmente o sistema nervoso na América do Sul!

— Por S. Patrício, Edward, tem razão! — disse o major, soltando uma gargalhada.

Mas Paganel, muito irritado, não quis abandonar a briga, e voltou-se para Glenarvan, cuja intervenção lhe pareceu um tanto zombeteira.

— Então, milorde, eu tenho os nervos irritados? — disse ele.

— Sim, Paganel, é o vento norte, um vento que faz se cometerem crimes nos Pampas, como a tramontana na campina de Roma!

— Crimes! — replicou o sábio. — Pois eu lá tenho cara de quem vai cometer crimes?

— Eu não disse isso!

— Diga com toda a franqueza que o quero assassinar!

— Meu Deus! — replicou Glenarvan, sem poder conter o riso. — Estou com medo, mas felizmente o vento norte só dura um dia!

A esta resposta, todos começaram a rir. Paganel, mais irritado ainda, esporeou o cavalo e foi para frente, para passar o mau humor. Pouco depois, já nem se lembrava mais da discussão.

Às oito da noite, Thalcave, tendo tomado um pouco a dianteira, avistava os barrancos do Salinas. Passado um quarto de hora, a pequena caravana descia as margens do tão desejado lago. Mas esperava-os uma grave decepção. O lago estava seco!

18
À PROCURA DE ÁGUA

O lago Salinas forma o extremo dos lagos que vão ligar-se com as serras Ventana e Guamini. Em outros tempos vinham de Buenos Aires numerosas expedições para ali se abastecerem de sal, porque as águas contêm cloreto de sódio em notável quantidade. Naquela ocasião, porém, a água depositara todo o sal que tinha em suspensão, e o lago formava apenas um espelho resplandecente.

Quando Thalcave anunciou a presença de um líquido potável no lago Salinas, referia-se aos rios de água doce que nele se precipitam por diversos pontos. Mas, naquele momento, os afluentes estavam secos como o lago. Por isso, quando a comitiva chegou às margens do Salinas, a consternação foi geral.

Era preciso tomar uma resolução, já que a água que ainda tinham nos odres já começava a não prestar, e a sede já começava a fazer-se cruel. Diante desta imperiosa necessidade, a fome e o cansaço desapareceram. Um "roukah", espécie de tenda de couro armada numa ondulação de terreno e abandonada pelos índios, serviu de abrigo aos viajantes exaustos de forças, enquanto os cavalos, estendidos sobre as margens lodosas do lago, roíam com repugnância as plantas aquáticas e os caniços secos.

Depois de se abrigarem no "roukah", Paganel interrogou Thalcave e pediu-lhe a sua opinião a respeito do que era conveniente fazer. Uma rápida conversa, da qual Glenarvan apanhou algumas palavras, estabeleceu-se entre o geógrafo e o índio. Thalcave falava calmamente, enquanto Paganel gesticulava por dois. O diálogo durou alguns minutos, e o patagão cruzou os braços.

— O que foi? — perguntou Glenarvan. — Pareceu-me que ele nos aconselhava a nos separarmos

— Sim, em dois grupos — respondeu Paganel. — Aqueles de nós cujos cavalos estiverem mais cansados, continuarão o quanto possível no caminho do paralelo trinta e sete. Os que se acham mais bem montados, pelo contrário, precedendo-os nesses caminhos, irão reconhecer o rio Guamini, que deságua no lago S. Lucas a uns cinqüenta quilômetros daqui. Se lá houver água em quantidade suficiente, deverão esperar os companheiros nas margens do Guamini. Se não houver água, voltarão ao seu encontro para lhes poupar uma viagem inútil.

— E neste segundo caso? — perguntou Tom Austin.

— Aí, teremos que nos desviar da rota cerca de 120 quilômetros para o sul, até as ramificações da serra Ventana, onde os rios são abundantes.

— O conselho é bom — replicou Glenarvan, — e vamos segui-lo agora mesmo. O meu cavalo não sofreu muito com a falta de água, e ofereço-me para acompanhar Thalcave.

— Milorde, leve-me com o senhor — pediu Robert, como se tratasse de uma expedição de recreio.

— Mas, você agüentará nos seguir?

— Claro! Tenho um excelente animal. Deixe-me ir, milorde, por favor...

— Muito bem, meu rapaz — disse Glenarvan, satisfeito por não se separar de Robert. — Tenho certeza de que descobriremos água.

— Ora, e eu? — perguntou Paganel.

— O senhor, meu caro Paganel — respondeu o major, — ficará com o destacamento da reserva. Conhece bem o paralelo trinta e sete, e o rio Guamini, e todo o Pampa, para nos abandonar. Nem Mulrady, nem Wilson, nem eu, somos capazes de ir até o ponto de encontro designado por Thalcave. Sendo guiados pelo senhor, chegaremos lá tranqüilamente.

— Então eu fico — redargüiu o geógrafo, lisonjeado.

— Mas nada de distrações! — alfinetou o major. — Não nos leve para o Oceano Pacífico!

— Eu mereci isso, major insuportável — riu-se Paganel, e virando-se para Glenarvan, acrescentou: — Como o senhor irá compreender a língua de Thalcave?

— Acho que não precisaremos conversar muito. Mas eu sei algumas palavras, e creio que conseguiremos nos comunicar.

— Então está bem, meu amigo — replicou Paganel.

— Vamos comer algo e dormir o máximo possível até a hora da partida — disse Glenarvan.

No dia seguinte, às seis horas, Thalcave, Glenarvan e Robert despediram-se de seus companheiros, embrenhando-se no deserto.

O deserto das Salinas é uma planície argilosa, coberta de feios arbustos, de pequenas mimosas que os índios chamam de "curramamle", e de "jumes", arbustos silvestres fecundos em soda. Em alguns pontos, grandes placas de sal reverberavam os raios do sol com admirável intensidade. A vista facilmente confundiria estas placas com lençóis de neve, mas o ardor do sol depressa desfazia a ilusão. Entretanto, a visão era bem interessante.

Já há 120 quilômetros para o sul, a serra Ventana, cuja direção os viajantes talvez fossem obrigados a tomar, se o Guamini estivesse seco, apresentava aspecto bem diferente. Esta região foi reconhecida em 1835 pelo capitão Fitz-Roy, que então comandava a expedição do *Beagle*, e é de uma admirável fertilidade, sendo encontradas ali as melhores pastagens da região. A vertente sudoeste das *sierras* reveste-se de erva luxuriante, e declina para a planície sob o manto de florestas ricas de várias essências. Os argentinos têm tentado colonizar esta rica região, mas não têm conseguido vencer a hostilidade dos índios.

Era de se supor que dos cumes das serras deviam descer rios caudalosos, mas para se atingir esta região, seria preciso fazer um desvio de cerca de 200 quilômetros. Thalcave tinha razão, portanto, em dirigir-se ao Guamini, que, sem o afastar do seu caminho, encontrava-se a uma distância menor.

Os cavalos galopavam com ardor. Conheciam por instinto, certamente, o lugar para onde os donos se dirigiam. Thaouka, principalmente, mostrava um vigor que nem as fadigas ou privações podiam diminuir. Transpunha como um pássaro as camadas secas e os matagais, soltando alegres relinchos. Os cavalos de Glenarvan e Robert, mais pesados, seguiam Thaouka corajosamente. Firme sobre a sela, Thalcave dava aos companheiros o exemplo que Thaouka dava aos seus. O patagão virava a cabeça por vezes para contemplar o jovem Robert.

Ao ver o jovem firme sobre o cavalo, o índio notava que ele se tornava, mais e mais, um excelente cavaleiro, merecendo os cumprimentos de Thalcave.

— Bravo, Robert — dizia Glenarvan. — Thalcave está com ares de quem o felicita.

— Felicitar-me?

— Sim, sobre a maneira que você monta!

— Ora, eu me seguro bem, mais nada — redargüiu Robert.

— Você é modesto, Robert, mas modesto demais. Você é um excelente cavaleiro — replicou Glenarvan.

— Ora, ora, e meu pai quer fazer de mim um marinheiro — exclamou Robert rindo. — O que ele dirá sobre isso.

— Uma coisa não prejudica a outra. Se nem todos os cavaleiros podem ser bons marinheiros, todos os marinheiros são capazes de ser bons cavaleiros!

— Meu pai ficará muito grato ao senhor, por tanto empenho em salvá-lo! — tornou Robert.

— Você o ama muito, não é Robert?

— Muito, milorde. Era bom para mim, e para minha irmã. Só pensava em nós! A cada viagem que fazia, nos trazia não só uma lembrança de cada país que visitara, mas também, o que era melhor, nos enchia de carinho e amor. Ah, milorde, o senhor também irá amá-lo, quando o encontrar! Mary se parece muito com ele. Têm a mesma doçura na voz, o que, para um marinheiro, é uma coisa bem singular, não acha?

— Muito singular, Robert — concordou Glenarvan.

— Parece que o estou vendo — tornou o jovem, parecendo falar consigo mesmo. — Que excelente pai! Tão carinhoso, tão amoroso! Oh, milorde, como o amávamos!

Durante esta conversa, os cavalos tinham afrouxado a andadura, e iam a passo.

— Vamos encontrá-lo, não é verdade? — perguntou Robert, após alguns minutos de silêncio.

— Tenho certeza! Thalcave irá descobrir-nos seu rasto, confio nisto! — replicou Glenarvan.

— Thalcave é um bom índio — disse o jovem.

— Decerto.

— Sabe de uma coisa, milorde? Não há com o senhor senão boa gente! Lady Helena, a quem tanto amo, o major, com seu ar impassível, o capitão Mangles e Paganel, e os marinheiros do *Duncan*, tão corajosos e dedicados!

— Eu sei, meu rapaz — retorquiu Glenarvan.

— E sabe também que o senhor é o melhor de todos?

— Não, não sei!

— Pois então, milorde, é preciso que saiba — retorquiu Robert, agarrando a mão do lorde e levando-a aos lábios.

Glenarvan abanou a cabeça, e se a conversa não continuou, foi porque Thalcave lhes chamou a atenção, já que tinham se afastado muito. Não havia tempo a perder!

Puseram-se novamente a caminho, mas notaram que, com exceção de Thaouka, os outros cavalos não agüentariam a caminhada por muito tempo. Ao meio-dia foi preciso dar-lhes uma hora de descanso.

Glenarvan começou a inquietar-se. Os sintomas da seca não diminuíam, e a falta de água poderia ser desastrosa. Thalcave nada dizia, pensando, provavelmente, que se o Guamini estivesse seco, então seria ocasião de desesperar, admitindo que o coração de um índio possa alguma vez ouvir a voz do desespero.

Partiram novamente, mas agora os cavalos só agüentavam andar a passo. Thalcave facilmente tomaria a dianteira porque, em poucas horas, Thaouka poderia transportá-lo até as margens do rio. E certamente ele pensou nisso, mas não quis deixar seus companheiros sós no meio daquele deserto, e para não passar adiante, obrigou Thaouka a moderar o passo, o que o cavalo fez não sem demonstrar resistência.

Dentro em pouco, Thaouka começou a dar sinais de impaciência não pelo passo em que era obrigado a caminhar, mas por causa da proximidade de água. Thalcave mostrou isso aos companheiros, e logo os outros dois cavalos também começaram a perceber a presença de água, e num último esforço, galoparam atrás do índio.

Por volta das três horas, uma faixa branca apareceu numa ondulação do terreno, tremendo sob a ação dos raios do sol.

— Água! — exclamaram Glenarvan e Robert ao mesmo tempo.

Já nem precisavam esporear os cavalos; os pobres animais, sentindo as forças reanimarem-se, partiram com incrível velocidade e em poucos minutos alcançaram o rio Guamini, precipitando-se no rio, com arreio e tudo. Os cavaleiros, contra a vontade, tomaram um banho involuntário, do qual nem sequer se queixaram!

— Ah, que delícia! — dizia Robert, saciando a sede, sendo imitado por Glenarvan.

Da sua parte, Thalcave bebeu tranqüilamente, sem se apressar.

— Agora, é esperar os nossos amigos — disse Glenarvan.

— Calculo que, na marcha em que vêm, estarão aqui pela noite. Vamos preparar-lhes uma boa refeição e um abrigo para passarmos a noite.

Thalcave, entretanto, já escolhera um lugar para acamparem. Achara nas margens do rio uma "ramada", espécie de recinto destinado a encerrar o gado, e que era fechado por três lados. O local era excelente para servir de abrigo, desde que não houvesse receio de dormir ao relento. Por isso, não procuraram coisa melhor, e estenderam-se ao sol para secarem as roupas, que estavam encharcadas.

— Já que temos abrigo — disse Glenarvan, — vamos pensar na comida! É preciso que nossos amigos fiquem satisfeitos com os batedores que enviaram! Parece-me que uma boa caçada não será tempo perdido. Está pronto, Robert?

— Sim, milorde — respondeu o jovem, levantando-se, de espingarda na mão.

Se Glenarvan teve esta idéia, foi porque as margens do Guamini lhe pareceram ponto de reunião de toda a caça das planícies circunvizinhas. Ali viam-se bandos de "tinamus", espécie de perdiz vermelha, peculiar dos Pampas, galinholas pretas, uma espécie de tarambola, chamada "teru-teru", entre outras.

Quantos aos quadrúpedes, Thalcave apontou para o mato espesso, indicando que eles estavam ali, escondidos. Os caçadores só tinham que dar alguns passos, para se acharem numa região abundante em caça.

Prepararam-se para a caçada, e primeiro tentaram pegar algum quadrúpede. Mas os cabritos monteses e guanacos fugiam com tal velocidade, que foi preciso desistir. Partiram então para as aves, e conseguiram pegar uma dúzia de perdizes vermelhas. Glenarvan ainda matou um pecari.

Em menos de meia hora os caçadores, sem se cansarem, abateram toda a caça que precisavam. Robert ainda apanhou um tatu muito gordo, e que, segundo o patagão, daria uma excelente refeição. Robert ficou orgulhoso com o resultado da sua caçada.

Quanto a Thalcave, deu aos companheiros o espetáculo de uma caçada ao "nandu", espécie de avestruz peculiar dos Pampas, e cuja rapidez é impressionante. O índio capturou-o usando as bolas, que se enrolaram nas pernas da avestruz. Satisfeito com essa caça, já que a carne de nandu é muito apreciada, o índio trouxe a avestruz para o acampamento, e preparou-a junto com o pecari. Já o tatu foi assado dentro de sua própria casca, sobre as brasas.

Os três caçadores, no entanto, contentaram-se com as perdizes para a ceia e guardaram para os companheiros as peças mais sólidas. A refeição foi acompanhada de água límpida, que acharam superior ao melhor vinho do Porto.

Os cavalos não foram esquecidos, e uma generosa porção de forragem seca, acumulada na ramada, serviu-lhes ao mesmo tempo de cama e alimento.

Depois de tudo preparado, os três enrolaram-se em seus ponchos, e trataram de descansar.

19

OS LOBOS VERMELHOS

A noite chegou, e só as estrelas iluminavam a planície. As águas do Guamini deslizavam sem ruído, e o silêncio reinava no imenso território dos Pampas. Glenarvan, Robert e Thalcave também dormiam. Os cavalos, prostrados pela fadiga, tinham-se deitado; só Thaouka, como verdadeiro cavalo de raça, dormia em pé, com as pernas aprumadas, altivo no repouso como na ação, pronto a partir ao primeiro sinal do dono.

Contudo, por volta das dez horas, após um curto sono, o índio acordou. Colocou-se na escuta, evidentemente procurando surpreender algum som imperceptível. Dali a pouco seu rosto manifestava uma vaga inquietação, apesar de sua habitual impassibilidade. Ele sentia a aproximação de índios salteadores, ou de jaguares ou algum outro animal temível, que não são raros nas vizinhanças dos rios! A última hipótese pareceu-lhe mais plausível.

Thalcave só tinha que esperar os acontecimentos, e deixou-se ficar meio deitado, com a cabeça entre as mãos, cotovelos apoiados nos joelhos, olhar fixo, na posição de quem uma súbita ansiedade tirou o sono.

Uma hora se passou, e qualquer outro que não fosse Thalcave teria novamente dormido. Mas onde um estrangeiro nada suspeitaria, os sentidos afiados do índio pressentiam um perigo iminente.

Enquanto ele espreitava, Thaouka resfolegou mansinho, estendendo o focinho para a entrada da ramada. O patagão ergueu-se de súbito.

— Thaouka sentiu algum inimigo — disse ele, pondo-se de pé para examinar atentamente a planície.

Reinava ainda o silêncio, mas não a tranqüilidade. Thalcave entreviu umas sombras que se moviam sem ruído, através do matagal. Em vários lugares cintilavam pontos luminosos, que se cruzavam em todos os sentidos, que se apagavam e tornavam a acender. Um estrangeiro tomaria aquelas cintilações por vaga-lumes, mas Thalcave sabia bem que inimigos iria enfrentar.

Não esperou muito tempo. Um clamor estranho, mistura de latidos e uivos, ressoou no Pampa, ao qual o índio respondeu com a detonação da carabina. Seguiu-se então uma sucessão de latidos espantosos.

Glenarvan e Robert levantaram-se num pulo.

— O que foi? — perguntou o jovem Grant.

— São índios? — acrescentou Glenarvan.

— Não — disse Thalcave. — São lobos vermelhos.

Ambos pegaram então as armas, e foram para perto do índio. Este apontou para a planície, onde se elevava um concerto de uivos.

Robert recuou involuntariamente.

— Está com medo, rapaz? — perguntou Glenarvan.

— Não, milorde — respondeu Robert, com voz firme. — Além do mais, ao lado de milorde, não tenho medo de nada.

— Tanto melhor. Os lobos vermelhos não são adversários temíveis, e se não fosse o seu número, nem me ocuparia deles.

— Estamos bem armados Eles que venham! — redargüiu Robert.

— Encontrarão adversários à altura! — acrescentou Glenarvan.

Ao falar assim, o lorde queria sossegar o jovem; mas sentiu um terror secreto ao pensar naquela legião de carnívoros desenfreados, em meio das trevas da noite. Talvez fossem muitos, e três homens, por mais bem armados que estivessem, não poderiam lutar vantajosamente contra tal número de animais.

Os lobos vermelhos têm o tamanho de um cão grande, e a cabeça da raposa; o pêlo é vermelho-canela, e sobre o dorso flutua-lhe uma juba negra que corre ao longo da espinha. É muito ligeiro e vigoroso; costuma habitar nos lugares pantanosos e persegue a nado os animais aquáticos. À noite sai do covil, onde dorme durante o dia, sendo temido principalmente nas regiões onde se criam rebanhos, porque, por pouco que a fome o aperte, atira-se sobre o gado, fazendo estragos consideráveis. Isolado, o lobo vermelho não é temível, mas quando em grande número, e famintos, é um inimigo a ser levado em conta.

Ora, a avaliar pelos uivos que escutavam, e pela multidão de vultos que pulavam na planície, Glenarvan não podia iludir-se com a quantidade de lobos vermelhos reunidos nas margens do Guamini; tinham pressentido uma presa certa, carne de cavalo ou carne humana, e nenhum voltaria para o covil sem ter apanhado o seu quinhão. A situação era, portanto, muito assustadora.

O círculo dos lobos ia estreitando. Os cavalos, acordando, deram sinais do maior terror. Só Thaouka batia com a pata, tentando soltar-se das rédeas, pronto a saltar para fora.

Glenarvan e Robert tinham-se postado de maneira a defender a entrada do abrigo. Com as carabinas engatilhadas, iam abrir fogo sobre a primeira fileira de lobos, quando Thalcave lhes fez sinal.

— O que ele quer? — perguntou Robert.

— Impedir que atiremos! — disse Glenarvan.

— Porque?

— Talvez não julgue o momento oportuno!

Não era esta a razão do procedimento do índio, e sim uma razão ainda mais grave, e Glenarvan a compreendeu, quando Thalcave mostrou-lhe que estavam com pouca munição.

— E agora? — perguntou Robert.

— Agora, poupemos a munição. A caçada hoje custou-nos caro. Temos pouca pólvora e chumbo, e só nos restam vinte tiros!

O jovem nada respondeu.

— Está com medo, Robert?

— Não, milorde.

— Muito bem, meu rapaz.

Naquele momento ouviu-se nova detonação. Thalcave derrubara um inimigo audacioso; os lobos, que avançavam em coluna cerrada, recuaram e colocaram-se a cem passos de distância.

No mesmo instante, obedecendo a um sinal, Glenarvan tomou o lugar do índio; Thalcave, ajuntando tudo o que pudesse queimar, fez um monte na entrada do abrigo, e tocou fogo. Uma cortina de chamas elevou-se sobre o fundo escuro do céu, e mostrou a colina intensamente iluminada por imensos reflexos móveis. Glenarvan pôde avaliar a inumerável quantidade de animais aos quais seria preciso resistir. Nunca tinha visto tantos lobos juntos, e tão ávidos. A barreira de fogo que Thalcave acabava de lhes opor havia-lhes redobrado a cólera, porque os detinha. Contudo alguns, impelidos pelas fileiras mais afastadas, avançaram um pouco, queimando as patas.

De tempos em tempos era preciso novo tiro de espingarda para deter o bando, e ao final de uma hora, quinze cadáveres já juncavam a campina.

Os sitiados achavam-se numa situação relativamente menos perigosa; enquanto durasse a munição e o fogo não se apagasse, nada havia a temer. Mas o que fazer, quando estes recursos se esgotassem?

Glenarvan olhou para Robert, e sentiu o coração apertar-se. Esqueceu-se de si mesmo, para só se lembrar daquela criança que dava provas de coragem superior à sua idade. Robert estava pálido, mas sem largar a arma, esperava firme o ataque dos lobos.

— Daqui a pouco não teremos nem munição nem fogo — disse Glenarvan, resolvido a pôr um termo nesta situação. — Não vamos esperar o último momento para tomar uma resolução!

Voltou-se para Thalcave, e reunindo as poucas palavras que sabia, começou um diálogo várias vezes interrompido pelos tiros.

Não foi sem dificuldade que aqueles dois homens conseguiram fazer-se entender. Por sorte, Glenarvan conhecia os hábitos dos lobos vermelhos. Se não fosse isto, não teria conseguido interpretar as palavras e gestos do patagão.

Contudo, um quarto de hora se passou até que ele pudesse transmitir a Robert a resposta de Thalcave. Glenarvan interrogara o índio a respeito da situação desesperadora.

— E o que respondeu ele? — perguntou Robert.

— Disse que temos que nos agüentar, custe o que custar, até o raiar do dia. O lobo vermelho só sai à noite, e quando a manhã chega, torna a recolher-ser ao covil.

— Então, vamos nos defender até o romper do dia!

— Sim, meu rapaz, e usando as facas, já que não temos mais munição.

Thalcave já dera o exemplo. Quando um lobo se aproximava da fogueira, o comprido braço do índio atravessava as chamas, e tirava-o vermelho de sangue.

Mas os meios de defesa iam faltar. Por volta das duas da manhã, Thalcave colocava na fogueira a última braçada de combustível, e só restavam aos sitiados cinco tiros. Glenarvan lançou um olhar desesperado ao seu redor. Pensou em Robert, nos seus companheiros e em todos a quem amava. Robert estava calado, e na sua enorme confiança, talvez não percebesse o perigo eminente. Mas Glenarvan pensava nisso por ele, e imaginava a terrível perspectiva de ser devorado em vida! Não pôde dominar a comoção e puxou o jovem para si, apertando-o contra o coração, enquanto lágrimas involuntárias deslizavam dos seus olhos.

— Não tenho medo! — disse Robert, sorrindo.

— Não, meu filho, não, e está com a razão — respondeu Glenarvan. — Daqui a duas horas o dia irá nascer, e estaremos salvos!

Enquanto isso, Thalcave matava duas enormes feras a coronhadas. Foi então que um clarão da fogueira mostrou-lhes o bando de feras que marchava sobre eles.

O desenlace aproximava-se, o fogo ia apagando por falta de combustível. A planície mergulhava novamente nas trevas, e os olhos fosforescentes dos lobos vermelhos tornavam a ficar nítidos. Só mais um pouco, e todo o bando se precipitaria no recinto.

Thalcave descarregou pela última vez a sua carabina, matando mais um inimigo, e cruzou os braços, porque não tinha mais munição. Parecia meditar profundamente, procurando algum meio arrojado, impossível, insensato, de repelir aquela horda furiosa. Glenarvan não ousou perturbá-lo.

Naquele momento, operou-se uma mudança no ataque dos lobos. Pareceram afastar-se, e os seus uivos, tão fortes até então, calaram-se de repente.

— Estão indo embora! — disse Robert.

— Talvez — redargüiu Glenarvan, que se pôs a escutar os ruídos exteriores.

Mas Thalcave, adivinhando-lhes o pensamento, sacudiu a cabeça. Sabia bem que as feras não abandonariam uma presa segura, enquanto a claridade do dia não os fizesse recolherem-se aos escuros covis.

Mas a tática das feras mudara. Agora não procuravam forçar a entrada no abrigo. Decidiram dar a volta na ramada, e assaltá-la pelo lado oposto, o que trazia ainda mais perigo.

Não demorou muito para que se ouvisse cravarem as garras na madeira meio podre. Por entre as estacas abaladas, já passavam as patas vigorosas dos lobos. Os cavalos, assustados, soltaram as amarras, correndo em volta do recinto, tomados de terror.

Glenarvan agarrou o jovem, disposto a defendê-lo até o último momento. Tentando uma fuga impossível, ia saltar para fora do abrigo, quando viu Thalcave!

O índio aproximara-se de repente de seu cavalo, e começou a selá-lo com cuidado, sem esquecer uma correia, uma fivela sequer. Não parecia inquietar-se com os uivos que redobravam, e Glenarvan olhava para ele aterrorizado.

— Está nos abandonando! — disse Glenarvan, ao ver Thalcave montar.

— Ele? Nunca! — disse Robert, confiante.

E realmente o índio ia tentar salvar os amigos, sacrificando-se por eles.

Thaouka estava pronto, mordendo o freio e saltando animado. No momento em que o índio ia montar, Glenarvan segurou-lhe o braço:

— Está partindo? — perguntou, apontando para a planície livre.

— Sim — exclamou o índio, compreendendo o gesto do companheiro. E então, disse em espanhol: — Thaouka, meu bom cavalo, rápido! Os lobos irão segui-lo!

— Ah, Thalcave! — exclamou Glenarvan, e voltando-se para Robert: — Está vendo, meu filho! Quer sacrificar-se por nós, partindo pelos Pampas, desviando a fúria dos lobos, atraindo-os sobre si!

— Thalcave! Amigo, não nos deixe! — acudiu Robert, lançando-se aos pés do patagão.

— Não, ele não nos deixará! — disse Glenarvan. — Partamos juntos!

— Não — exclamou o índio, percebendo a intenção do lorde e vendo os outros cavalos, aterrados num canto. — São maus cavalos, assustados. Thaouka bom cavalo!

— Seja! — disse Glenarvan. — Thalcave não irá abandoná-lo, Robert! Ensine-me o que tenho a fazer! Eu é que devo partir!

E pegando a rédea de Thaouka, disse:

— Eu é que partirei!

— Não — retorquiu serenamente o patagão.

— Serei eu, repito, — exclamou Glenarvan, arrancando-lhe a rédea das mãos. — Salve esta criança! Confio Robert a você, Thalcave!

Na sua exaltação, Glenarvan misturava inglês com espanhol. Mas que importava isso! Em situações tão terríveis, os gestos dizem tudo, e os homens compreenderam-se depressa.

Thalcave resistiu. A discussão prolongava-se, e o perigo aumentava de segundo em segundo. As estacas cediam aos esforços dos lobos.

Nem Glenarvan nem Thalcave pareciam dispostos a ceder. O índio arrastara Glenarvan para a entrada do recinto, mostrando-lhe a planície livre de lobos. Por meio de gestos mostrava que não havia um momento a se perder, e que só ele conhecia bem Thaouka para poder salvá-los. Glenarvan teimava e queria sacrificar-se, quando de repente foi repelido com violência. Thaouka saltava, levantava-se nas patas traseiras, e de um relance transpôs a barreira de fogo e a fileira de cadáveres, ao mesmo tempo em que uma voz juvenil bradava:

— Deus o salve, milorde!

Glenarvan e Thalcave mal tiveram tempo para ver Robert que, agarrado à crina de Thaouka, desaparecia na escuridão.

— Robert! — gritou Glenarvan.

Mas este grito nem mesmo o índio pôde escutar. Elevou-se um uivo espantoso. Arremetendo-se no rasto do cavalo, os lobos corriam para o ocidente, com fantástica rapidez.

Arremetendo-se no rasto do cavalo, os lobos corriam para o ocidente, com fantástica rapidez.

Thalcave e Glenarvan precipitaram-se para fora do abrigo. A planície já recaíra no silêncio, e apenas puderam ver uma linha movediça que ondulava ao longe, em meio às trevas da noite.

Glenarvan caiu no chão, desesperado. Contemplou então Thalcave, que sorria com sua costumeira impassibilidade.

— Thaouka bom cavalo! Jovem valente! Irá salvar-se! — repetia ele, aprovando a ousada ação.

— E se ele cair?

— Não cairá!

Apesar da confiança de Thalcave, a noite acabou para o pobre lorde em meio de terríveis agonias. Já não tinha consciência do perigo que desaparecera com os lobos. Queria correr atrás de Robert, mas o índio o deteve; fez-lhe compreender que os cavalos não conseguiriam alcançar Thaouka, que já devia ter tomado grande dianteira, e que não seria possível encontrá-lo na escuridão, sendo preciso esperar o raiar do dia para seguir o rasto de Robert.

Por volta das quatro da manhã, começou a alvorecer. Os nevoeiros condensados do horizonte tingiram-se então de pálidos clarões. A planície matizava-se com um límpido orvalho, e as ervas altas começaram a agitar-se sob o impulso das primeiras brisas do dia. Chegara o momento de partir.

— A caminho — disse o índio.

Glenarvan nada respondeu, saltando sobre o cavalo de Robert. Dali a pouco os dois galopavam na direção do ocidente, seguindo a linha reta da qual não deviam se afastar os seus companheiros.

Durante uma hora caminharam com rapidez prodigiosa, procurando Robert, receando a cada passo encontrar o seu cadáver ensangüentado. Finalmente ouviram-se tiros de espingarda, detonações regularmente espaçadas, como sinal de reconhecimento.

— São eles! — exclamou Glenarvan.

Glenarvan e Thalcave galoparam em direção às detonações, e pouco depois alcançavam o destacamento conduzido por Paganel. Glenarvan soltou um grito de alegria. Na frente do destacamento estava Robert, vivo e feliz, montado no soberbo Thaouka, que relinchou de prazer ao ver novamente o seu dono.

— Ah! Meu filho! Meu filho! — exclamou Glenarvan com indizível expressão de ternura.

E apeando, ele e Robert precipitaram-se nos braços um do outro. Em seguida, foi o índio quem abraçou o filho do Capitão Grant.

— Está vivo! Está vivo! — exclamava Glenarvan.

— Sim, e graças a Thaouka! — retorquiu Robert.

O índio não esperara aquela palavra de reconhecimento ao animal, e já naquele momento o abraçava, como se nas veias do soberbo animal corresse sangue humano.

Depois, voltando-se para Paganel, mostrou-lhe o jovem Robert.

— Um valente! — disse ele.

E empregando a metáfora indígena que serve para mostrar coragem, acrescentou:

— As suas esporas não tremeram!

Glenarvan, mais calmo, perguntou então ao jovem Robert:

— Porque fez isso, meu filho, porque não deixou que eu ou Thalcave tentássemos tão arriscada empresa?

— Milorde — respondeu o jovem com profunda gratidão, — não era a minha vez de sacrificar-me? Thalcave já me salvou a vida! E milorde vai salvar meu pai!

20
AS PLANÍCIES ARGENTINAS

Após as primeiras expansões do reencontro, todos os que tinham ficado para trás, deram por uma coisa: que morriam de sede. Por sorte, o Guamini estava perto. Tornaram a pôr-se a caminho, e às sete horas da manhã a pequena caravana chegou junto do cercado. Em vista da grande quantidade de cadáveres de lobos, era fácil perceber a violência do ataque. Os viajantes trataram de saciar a sede e deliciar-se com uma refeição farta. A carne de nandu foi considerada excelente, assim como o tatu, assado na própria casca.

— Nestas circunstâncias, comer pouco seria gratidão com a Providência — brincou Paganel.

Às dez da manhã foi dado o sinal de partida. Encheram os odres, e puseram-se a caminho. Os cavalos, com as forças restauradas, mantinham um bom passo. A região começava a mostrar-se mais úmida, e a vegetação mais fértil, mas ainda predominava o deserto. Não houve nenhum incidente durante os dias 2 e 3 de novembro, e à noite os viajantes, cansados, acamparam nos limites dos Pampas, nas fronteiras da província de Buenos Aires. Haviam deixado a baía de Talcahuano no dia 14 de outubro; portanto, em vinte e dois dias, haviam percorrido 700 quilômetros, ou dois terços do caminho.

No dia seguinte entraram nas planícies argentinas, deixando a região dos Pampas para trás. Era ali que Thalcave esperava encontrar os caciques, em cujo poder estava o capitão Grant.

Das quatorze províncias que compõem a República Argentina, a de Buenos Aires é a mais vasta e povoada. Ao sul faz fronteira com os territórios índios, entre o sexagésimo quarto e o sexagésimo quinto grau. O seu território é fértil, e por isso, desde que tinham deixado o Guamini, os viajantes notavam uma melhoria na temperatura, bem mais amena. Mas, apesar do que dizia Thalcave, o país parecia desabitado, ou melhor, abandonado.

Muitas vezes a linha do oriente costeou ou cortou pequenas lagoas, umas de água doce, outras de água salobra. Nas suas proximidades, e abrigados pelos montes, saltavam picanços e cantavam alegres bandos de cotovias, na companhia de tangarás. Estas lindas aves batiam as asas alegremente, sem fazerem caso dos estorninhos que se enfileiravam nas margens, com os seus peitos vermelhos. Nos silvados balançavam-se, como uma rede, os ninhos dos anúbis, e à beira das lagoas, magníficos íbis vermelhos, em grupos, abriam ao vento suas asas cor de fogo. Os seus ninhos, agrupados aos milhares, em forma de cones truncados de cerca de 30 centímetros de altura, formavam como que uma pequena cidade em miniatura. E para deleite de Paganel, os íbis não se inquietavam muito com a aproximação dos viajantes.

— Há muito que tenho curiosidade em ver um íbis voando — disse ele ao major. — E agora, tenho a oportunidade!

— Pois então aproveite-a, Paganel! — disse Mac-Nabs.

— Venha comigo, major. E você também, Robert. Preciso de testemunhas.

E os três aproximaram-se do bando de aves. Chegando a uma distância conveniente, Paganel deu um tiro de pólvora seca, porque não queria derramar uma gota sequer do sangue de um pássaro. Os íbis então levantaram vôo, enquanto o sábio os observava atentamente.

— Viu? — disse ele ao major depois do bando desaparecer.

— Se vi? — respondeu o major. — Só se fosse cego, não teria visto!

— Acharam que os íbis, ao voarem, se pareciam com flechas?

161

— Nem por sombras — respondeu o major.

— Nunca — acrescentou Robert.

— Estava certo disso! — redargüiu o sábio, com ar satisfeito. — No entanto, o meu ilustre compatriota Chateaubriand comparou, de forma inexata, o íbis com as flechas! Robert, como você vê, a comparação é a mais perigosa figura de retórica que se conhece. Desconfie dela a vida toda, e não a empregue senão em último caso.

— Satisfeito com a experiência? — perguntou o major.

— Encantado.

— Eu também, mas vamos embora, porque o seu ilustre Chateaubriand causou-nos certo atraso.

Quando alcançou os companheiros, Paganel encontrou Glenarvan em animada conversa com Thalcave, que parecia não compreender bem o que era dito. Por várias vezes o índio parara para observar o horizonte, mostrando grande espanto.

Não tendo o intérprete junto de si, Glenarvan procurara, em vão, interrogar o índio.

— Aproxime-se, Paganel, que eu e Thalcave não estamos nos entendendo! — gritou ele, assim que avistou Paganel.

Paganel então conversou alguns minutos com o patagão, e disse para Glenarvan:

— Thalcave admira-se de um fato extraordinário.

— Que fato?

— O de não encontrar índios, nem vestígios de índios nestas planícies, que são freqüentadas pelos seus bandos.

— E Thalcave sabe qual é a causa disto?

— Não sabe explicar, e por isto se admira com o fato.

— Mas, que índios ele esperava encontrar nesta região?

— Exatamente os que estavam com os estrangeiros em seu poder; as tribos governadas pelos caciques Calfoucura, Catriel ou Yanchetruz.

Paganel deu um tiro de pólvora seca, e os ibis levantaram vôo.

— Quem são eles?

— Chefes de tribos que há trinta anos eram muito poderosos, antes de terem sido acossados para além das serras. Desde então, submeteram-se tanto quanto um índio pode se submeter, e exploram a planície dos Pampas e também a província de Buenos Aires. Por isso admiro-me também, como Thalcave, de não encontrar vestígios deles numa região onde realmente exercem a profissão de salteadores.

— E o que devemos fazer então?

Paganel e Thalcave conferenciaram mais um pouco, e então o sábio respondeu:

— Thalcave deu-nos um bom conselho. Continuaremos o nosso caminho para leste até o forte Independência — que é nosso rumo — e aí, se não obtivermos notícias do capitão Grant, saberemos ao menos o que foi feito dos índios das planícies argentinas.

— E este forte fica longe? — replicou Glenarvan.

— Não, está situado na serra Tandil, a uns cem quilômetros daqui, e depois de amanhã já estaremos lá.

Glenarvan ficou desanimado com este incidente. Não achar um índio nos Pampas era inesperado. Uma circunstância muito particular os devia ter afastado. Mas, o que era mais grave, se Harry Grant era prisioneiro de uma das tribos, para onde fora levado, para o norte ou para o sul? Isto não deixou de inquietar Glenarvan. O importante, a qualquer custo, era não perder a pista do capitão. O melhor, então, era mesmo seguir o conselho de Thalcave, e irem para a aldeia de Tandil. Ali, ao menos, encontrariam com quem falar.

Por volta das quatro horas da tarde avistaram uma colina, que em país tão plano podia passar por uma montanha. Era a serra Tapalquem, no sopé da qual os viajantes acamparam.

No dia seguinte, atravessaram-na facilmente. Esta serra não era empecilho para quem já havia transposto a cordilheira dos Andes. Ao meio-dia passavam em frente ao forte abandonado de Tapalquem, primeiro anel daquela cadeia de fortins levantados na fronteira do sul para defender o território civilizado dos índios salteadores. Mas, para a crescente surpresa de Thalcave, não encontraram nem sombra de algum índio. Por volta da uma hora, no entanto, três exploradores da planície, bem montados e bem armados, observaram por um momento a pequena caravana, mas evitaram aproximar-se, acabando por fugir com enorme rapidez. Glenarvan estava furioso.

— São gaúchos — disse o patagão, dando aos indígenas a denominação que tinha suscitado uma discussão entre o major e Paganel.

— Ah! Gaúchos! — redargüiu Mac-Nabs. — Ora, Paganel, o vento norte não está soprando hoje. O que acha daqueles homens?

— Penso que têm aspecto de bandidos — redargüiu Paganel.

A confissão de Paganel foi seguida por uma risada geral, que não o perturbou.

Conforme as ordens de Thalcave, caminhavam em pelotão cerrado; por mais deserta que aquela região se mostrasse, era preciso cautela contra alguma surpresa; mas foi inútil, e naquele mesmo dia acamparam numa vasta *tolderia* abandonada, onde o cacique Catriel reunia ordinariamente os seus bandos de indígenas. Pela inspeção que fez, o patagão reconheceu que a *tolderia* não era ocupada há muito.

No dia seguinte, Glenarvan e seus companheiros avistaram as primeiras estâncias próximas da serra Tandil, mas Thalcave não quis deter-se ali, indo direto ao forte Independência, onde queria se informar sobre o singular abandono daquele território.

As árvores, tão raras desde a Cordilheira, tornaram a aparecer, a maior parte tendo sido plantada depois da chegada dos europeus ao território americano. Viam-se ali sicômoros bastardos, pessegueiros, álamos, salgueiros, acácias, que, sem tratamento, cresciam bem. Geralmente essas árvores rodeavam os currais, vastos cercados para gado. Ali pastavam e engordavam, aos milhares, bois, vacas, carneiros e cavalos, marcados a ferro em brasa com o distintivo do dono, e grande número de cães vigilantes vagueavam nos arredores. Este terreno é preferido para o estabelecimento das estâncias, que são dirigidas por um capataz, tendo às suas ordens quatro peões por cada mil cabeças de gado.

Aquela gente leva vida de pastor da Bíblia; os seus rebanhos são, talvez, mais numerosos que os que enchiam a planície da Mesopotâmia; mas ali, a família falta ao pastor, e os grandes estancieiros dos Pampas têm tudo do grosseiro criador de bois e nada do patriarca dos tempos bíblicos.

Paganel explicou isso tudo aos companheiros, entregando-se a uma discussão antropológica sobre a comparação das raças. Chegou até a interessar o major.

O sábio ainda teve ocasião de observar um curioso efeito de miragem, muito comum nas planícies horizontais; de longe, as estâncias pareciam grandes ilhas; os álamos e os salgueiros que as orlavam pareciam refletir-se numa água límpida, que ia fugindo diante dos viajantes; a ilusão era tão perfeita, que a vista não podia acostumar-se àquela perspectiva.

Durante a jornada do dia 6 de novembro, os viajantes encontraram muitas estâncias, mas Thalcave apressava o passo; queria chegar ao forte Independência naquela mesma noite. Os cavalos, excitados pelos donos e seguindo o exemplo de Thaouka, pareciam voar através das planícies. Encontraram pelo caminho muitas herdades com ameias e defesa de fossos profundos, tendo a casa principal um terraço, do alto do qual os moradores, organizados militarmente, podem trocar tiros com os salteadores da campina. Glenarvan talvez pudesse obter ali as informações que desejava, mas o mais seguro era chegar à aldeia de Tandil. Não pararam. Atravessaram o rio de los Huesos, e alguns quilômetros além, o Chapaléofu. Bem depressa a serra Tandil ofereceu às patas dos cavalos o arrelvado declive dos seus primeiros acidentes, e uma hora depois apareceu a aldeia no fundo de um estreito desfiladeiro, dominada pelas muralhas do forte Independência.

21
O FORTE INDEPENDÊNCIA

A serra Tandil é uma cordilheira primária, isto é, anterior a toda a criação orgânica e metamórfica, já que sua natureza e composição tem se modificado gradual e vagarosamente pela ação do calor interior. O distrito de Tandil, a que deu o nome, compreende todo o sul da província de Buenos Aires, e é limitado por um declive que despeja para o norte os rios que nascem nas suas faldas.

Este distrito tem quatro mil habitantes, e a sua capital é a aldeia de Tandil, situada no sopé dos morros setentrionais da serra, e protegida pelo forte Independência; a sua posição sobre a importante ribeira do Chapaléofu é bem favorável. Particularidade singular, e que Paganel não podia ignorar, esta aldeia é principalmente formada por imigrantes franceses e italianos. Realmente, foi a França quem fundou os primeiros estabelecimentos estrangeiros nesta parte inferior do Prata. Em 1828 o forte Independência, destinado a proteger o país contra as invasões reiteradas dos índios, foi levantado graças aos esforços do francês Parchappe. Auxiliou-o na empresa um sábio de primeira, Alcides d´Orbigny, que melhor do que ninguém, conheceu, estudou e descreveu os países meridionais da América do Sul.

É um ponto muito importante a aldeia de Tandil. Por meio das suas "galeras", grandes carros de bois muito adequados ao trânsito dos caminhos que sulcam a planície, comunica-se em doze dias com Buenos Aires; esta circunstância promove um comércio bastante ativo; a aldeia manda à cidade o gado das estâncias, as carnes salgadas dos "saladeros", os artefatos muito curiosos da indústria indígena, tais como estofos de algodão, tecidos de lã, e as obras muito procuradas dos entrançadores de couro, etc. Por isso também, Tandil, tem escolas e igrejas, para os habitantes se instruírem nas coisas deste mundo e do outro.

Depois de ministrar estes pormenores, Paganel acrescentou que na aldeia de Tandil não podiam deixar de se obter as informações precisas; além disso, o forte está sempre ocupado por um destacamento de tropas nacionais. Glenarvan e seu grupo então se dirigiu para o forte Independência.

Algum tempo depois chegaram a um postigo, guardado negligentemente por um sentinela argentino. Entraram sem dificuldade, o que denotava ou grande incúria ou extrema segurança.

Naquela ocasião, alguns soldados exercitavam-se sobre a esplanada do forte; porém, o mais velho tinha vinte anos e o mais novo sete apenas. A falar a verdade, era uma dúzia de crianças e de mancebos, que esgrimiam mal e mal. O uniforme consistia numa camisa de listas, amarrada na cintura por uma correia. Quanto a calças, nem sombra. A amenidade do clima autorizava aquele fardamento ligeiro. No começo, Paganel fez uma excelente idéia de um governo que não gastava em galões. Cada rapazote estava armado com espingarda de percussão e sabre: o sabre muito comprido e a espingarda muito pesada para os pequenos. Todos tinham a cara amulatada e certo ar de família. O cabo que os comandava também se parecia com eles. Deviam ser, e eram efetivamente, doze irmãos que manobravam sob as ordens de um décimo terceiro irmão.

Paganel não se admirou do que via: conhecia a estatística Argentina e sabia que em cada casal, a média de filhos regula por volta de nove; mas o que muito o surpreendeu foi ver aqueles soldados manobrando à francesa, executando com perfeita precisão os principais movimentos de uma carga em doze tempos. Muitas vezes até as palavras do comando eram na língua materna do ilustre geógrafo.

— Singular! — disse ele.

Mas Glenarvan não viera ao forte Independência para ver meia dúzia de crianças fazerem exercício, e muito menos para se ocupar da sua nacionalidade e origem. Não deixou Paganel admirar-se por muito tempo, e pediu-lhe que perguntasse pelo comandante da guarnição. Um dos soldados argentinos dirigiu-se para uma das casas que servia de quartel.

Instantes depois apareceu o comandante em pessoa. Era um homem de cinqüenta anos, vigoroso, maçãs do rosto salientes, cabelos grisalhos, olhar imperioso, tanto quanto deixavam avaliar os rolos de fumaça que saíam do seu cachimbo.

Dirigindo-se ao comandante, Thalcave apresentou-lhe lorde Glenarvan e seus companheiros. Enquanto o índio falou, o comandante não parava de encarar Paganel, e o sábio já ia interrogá-lo, quando o comandante disse alegremente, em francês:

— Um francês, aqui?

— Sim, um francês! — redargüiu Paganel.

— Ah! Encantado! Seja bem vindo! Sou francês também — disse o comandante, sacudindo o braço do sábio.

— É seu amigo? — perguntou o major a Paganel.

— Porque não! — retorquiu este com certo orgulho. — Uma pessoa tem amigos nas cinco partes do mundo.

E depois de ter soltado a mão, com alguma dificuldade, começou animada conversa com o vigoroso comandante. Glenarvan desejaria meter na conversa alguma palavra que tivesse relação com os seus negócios, mas o militar contava a sua história, e não estava disposto a parar no meio. Via-se que aquele excelente homem deixara a França há muito tempo; a língua materna já não lhe era tão familiar assim, e esquecera, se não as palavras, pelo menos a maneira de as juntar.

Os visitantes ficaram sabendo que o comandante do forte Independência era um sargento francês. Desde a edificação do forte, em 1828, não saíra de lá, e atualmente comandavao com o consentimento do governo argentino. Tinha cerca de cinqüenta anos, e chamava-se Manuel Spharaguerre. Não era espanhol, mas tinha faltado pouco para isso. Um ano depois de chegar ao país, o sargento Manuel naturalizou-se, entrou para o serviço do exército argentino e casou-se com uma índia, que amamentava dois gêmeos de seis meses na ocasião em que os viajantes apareceram.

A conversa durou bem um quarto de hora, para admiração de Thalcave. O índio não podia compreender que tantas palavras saíssem de uma só boca. Ninguém interrompeu o comandante. Mas, como é preciso que um sargento, mesmo um sargento francês, acabe por se calar, Manuel calou-se afinal, não sem ter obrigado os hóspedes a acompanhá-lo até sua casa. Estes se resignaram a ser apresentados a madame Spharaguerre, que lhes pareceu uma "excelente pessoa".

Depois de lhe terem feito todas as vontades, finalmente o sargento perguntou aos hóspedes o que lhes dava a honra da sua visita. Era a única ocasião que se oferecia para uma explicação.

Tomando a palavra em francês, Paganel contou-lhe toda a viagem através dos Pampas, e concluiu perguntando a razão porque os índios tinham abandonado aquela região.

— Ah!... ninguém!... — respondeu o sargento, encolhendo os ombros. — Ninguém!...

— Mas, o que houve?

— Guerra.

— Guerra?

— Sim, guerra civil...

— Guerra civil?... — redargüiu Paganel.

— Sim, guerra entre o Paraguai e Buenos Aires — respondeu o sargento.

— E então?

— E então, todos os índios do norte estão na retaguarda do general Flores. Índios ladrões, roubam tudo.

— *Ah! Encantado! Seja bem-vindo! Sou francês também!* — disse o comandante, sacudindo o braço do sábio.

— Mas, e os caciques?
— Os caciques estão com eles.
— O que! Catriel?
— Não há Catriel.
— E Calfoucoura?
— Nem Calfoucoura.
— E Yanchetruz?
— Nem Yanchetruz!

Esta resposta foi transmitida a Thalcave, que meneou a cabeça com ar de aprovação. Efetivamente, Thalcave ignorava, ou esquecera pelo menos, que uma guerra civil, que devia mais tarde provocar a intervenção do Brasil, dizimava os dois partidos da república. Os índios tinham tudo a ganhar nestas lutas, e não podiam perder tão belas ocasiões de pilhagem. Por isso o sargento não se enganava, dando como motivo do abandono dos Pampas à guerra civil ateada no norte das províncias argentinas.

Este acontecimento atrapalhava os planos de Glenarvan. Com efeito, se Harry Grant estava prisioneiro dos caciques, devia ter sido levado por eles até as fronteiras do norte. Em vista daquilo, como e onde encontrá-lo? Seria preciso tentar uma exploração perigosa e quase inútil, até aos limites setentrionais dos Pampas? Esta era uma gravíssima resolução, que devia ser seriamente debatida.

Entretanto, uma pergunta importante ainda devia ser feita ao sargento; e foi o major que se lembrou dela enquanto os seus amigos olhavam uns para os outros em silêncio.

— O sargento sabe se os caciques dos Pampas têm em seu poder prisioneiros europeus?

Manuel refletiu por instantes, como homem que invoca as suas recordações.

— Sim — disse o sargento, após alguns instantes de reflexão.

— Ah! — exclamou Glenarvan, agarrando-se a uma nova esperança.

Paganel, Mac-Nabs, Robert e o lorde rodeavam o sargento.

— Fale! fale! — diziam eles contemplando-o com ansiedade.

— Há alguns anos — respondeu Manuel, — sim... é isso... prisioneiros europeus...

— Há alguns anos — retorquiu Glenarvan. — Está enganado. A data do naufrágio é precisa... A *Britannia* perdeu-se em junho de 1862... Foi, portanto, há menos de dois anos.

— Oh! Mais do que isso, milorde.

— Impossível! — exclamou Paganel.

— Ora, tenho certeza, foi por ocasião do nascimento de Pepe. Tratava-se de dois homens.

— Não, três! — retorquiu Glenarvan.

— Dois! — replicou o sargento, afirmativamente.

— Dois! — disse Glenarvan muito surpreso. — Dois ingleses!

— Não — respondeu o sargento. — Quem falou de ingleses? Não, um francês e um italiano.

— Um italiano que foi assassinado pelos poyuchos? — exclamou Paganel.

— Sim, e soube depois que o francês foi salvo.

— Salvo! — exclamou o jovem Robert, como que em transe.

— Sim, salvo das mãos dos índios — respondeu Manuel.

Todos olhavam para o sábio, que batia na testa com desespero.

— Ah! Compreendo — disse ele, — afinal tudo está claro, tudo se explica!

— Mas de que se trata? — perguntou Glenarvan, tão inquieto como impaciente.

173

— Meus amigos — redargüiu Paganel, segurando a mão de Robert, — é preciso que nos resignemos a uma grave desilusão! Temos seguido uma pista falsa! Não se trata do capitão, mas de um dos meus compatriotas, cujo companheiro, Marco Vazelo, foi assassinado pelos poyuchos, de um francês que muitas vezes acompanhou estes índios cruéis até as margens do Colorado, e que depois de ter felizmente escapado, voltou à França. Julgando seguir a pista de Harry Grant, seguimos a do jovem Guinnard!

Um profundo silêncio seguiu-se a esta declaração. O erro era palpável. As informações fornecidas pelo sargento, a nacionalidade do prisioneiro, o assassinato do seu companheiro, sua fuga, tudo concordava de tal modo, que tornava este erro cada vez mais evidente. Glenarvan olhava para Thalcave desconsolado. O índio então tomou a palavra:

— Não ouviu falar de três ingleses que foram capturados? — perguntou ao sargento.

— Nunca — respondeu Manuel. — Se semelhante coisa tivesse acontecido, teríamos ficado sabendo aqui, em Tandil...

Depois desta resposta formal, Glenarvan nada mais tinha a fazer no forte. Retirou-se com seus amigos, não sem antes agradecer ao sargento.

Glenarvan estava desesperado com esta destruição completa das suas esperanças. Robert caminhava junto dele, sem dizer nada, com os olhos úmidos de lágrimas. Glenarvan não encontrava sequer uma palavra para o consolar. Paganel falava consigo mesmo, e o major não abriu a boca. Quanto a Thalcave, parecia ofendido no seu amor-próprio de índio, por ter-se enganado com uma pista falsa. Contudo, ninguém nem sequer pensou em culpá-lo.

A refeição foi triste, não porque aqueles corajosos e dedicados homens lamentassem tantos perigos e cansaço sofridos inutilmente, mas porque viam-se desfazer toda a esperança de terem êxito na empreitada. De fato, poderiam encontrar o capitão Grant entre a serra Tandil e o mar? Não. Se algum prisioneiro tivesse caído em poder dos índios, o sargento Manuel certamente iria saber. Acontecimento de tal natureza não podia escapar à atenção dos comerciantes da planície argentina. Só havia uma coisa a ser feita: chegar ao *Duncan* sem demora, no local combinado da ponta Medano.

Entretanto Paganel pedira a Glenarvan o documento encontrado no mar. Pôs-se a lê-lo outra vez com uma cólera pouco dissimulada, tentando arrancar-lhe nova interpretação.

— O documento está claro! — repetiu Glenarvan. — Aqui está explicado o naufrágio, e o local do cativeiro do capitão!

— Mas não, cem vezes não! — exclamou o geógrafo, dando um murro na mesa. — Se Harry Grant não está nos Pampas, não está na América. Ora, onde ele está, este documento deve dizer, e irá dizer, meus amigos, ou eu não me chamo Jacques Paganel!

22
A CHEIA

O forte Independência encontra-se a quase 400 quilômetros de distância das praias do Atlântico. Se não houvesse demoras imprevistas, Glenarvan alcançaria o *Duncan* em quatro dias. Porém, voltar a bordo sem o capitão Grant, depois de pesquisas tão infrutíferas, não era uma idéia fácil de ser aceita. Por isso, no dia seguinte, nem se lembrou de dar ordens para se porem a caminho. Foi o major quem se encarregou de mandar aparelhar os cavalos, de renovar as provisões. E graças a ele, a pequena caravana pôde partir às oito da manhã.

Glenarvan, com Robert ao seu lado, galopava sem dizer uma só palavra; o seu gênio audacioso e resoluto não lhe consentia resignar-se ao mau êxito das suas tentativas; o coração parecia saltar-lhe do peito, e tinha a cabeça como um vulcão. Paganel, estimulado pelas dificuldades, só pensava em novas significações para o documento. Thalcave, silencioso, deixava que Thaouka o conduzisse. O major, sempre confiante, permanecia firme no posto como alguém imune ao desânimo. Tom Austin e seus companheiros partilhavam a decepção do lorde. Em certo momento, um tímido coelho atravessou diante deles os caminhos da serra. Os supersticiosos escoceses entreolharam-se:

— Mau presságio — disse Wilson.

— Nas montanhas da Escócia — retorquiu Mulrady.

— O que é mau nas montanhas da Escócia, não é melhor aqui — replicou Wilson, sentenciosamente.

Próximo do meio-dia os viajantes já tinham atravessado a serra Tandil, achando-se novamente nas planícies de largas ondulações que se estendem até o mar. Encontravam a cada passo rios límpidos que regavam aquela fértil região, e iam perder-se no meio de pastagens esplêndidas. O solo readquirira a sua horizontalidade normal, como o oceano após a tempestade. Ficavam para trás as últimas montanhas dos Pampas argentino, e a planície monótona desenrolava-se sob o passo dos cavalos o seu extenso tapete de verdura.

Até ali o tempo tinha estado excelente. Mas naquele dia o céu tomou um aspecto pouco tranqüilizador. Os vapores produzidos pela temperatura elevada dos dias precedentes haviam formado espessas nuvens, e ameaçavam agora se desfazer em chuva torrencial. Além disto, a proximidade do Atlântico e o vento do oeste que ali predomina, tornavam o clima daquele país essencialmente úmido. A fertilidade do terreno e a opulência das pastagens indicavam isso claramente. Contudo, pelo menos naquele dia, a chuva não caiu, e à noite, os cavalos, depois de terem feito uma boa caminhada de setenta quilômetros, pararam à beira de profundas "canadas", imensos fossos cheios de água formados pela natureza. Não havia espécie alguma de abrigo. Os ponchos serviam ao mesmo tempo de tendas e de cobertura, e todos adormeceram debaixo de um céu ameaçador, que, por grande fortuna, não passou de ameaça.

No dia seguinte, à medida que a planície ia se abaixando, a existência de águas subterrâneas manifestou-se de um modo mais sensível ainda; a umidade ressumava por todos os poros do solo. Dali a pouco, grandes charcos, uns já profundos outros começando apenas a formar-se, cortaram o caminho para leste. Enquanto o obstáculo não passou de lagunas, charcos bastante circunscritos e desobstruídos de plantas aquáticas, os cavalos puderam facilmente vencê-lo; mas os pântanos foram mais difíceis de serem vencidos.

Robert, que se adiantara, voltou a galope e exclamou:

— Senhor Paganel! Uma floresta de chifres!

— O que? — redargüiu o sábio. — Encontrou uma floresta assim tão singular?

— Sim, sim, ou pelo menos uma mata de pouca altura.

— Está sonhando, rapaz — replicou Paganel, encolhendo os ombros.

— Não é sonho — retorquiu Robert, — e verá com os seus próprios olhos! País esquisito! Semeiam-se chifres e nascem como se fossem trigo. Desejava obter a semente.

— Mas está falando sério? — disse o major.

— Sim, major, vai ver.

Robert não se enganara, e bem depressa os viajantes viram diante de si um imenso campo de chifres, plantados com toda a regularidade, que se estendia a perder de vista. Era uma verdadeira mata, baixa e cerrada, de estranha aparência.

— Então? — perguntou Robert.

— É singular! retorquiu Paganel, voltando-se para o índio e interrogando-o.

— Os chifres saem da terra — disse Thalcave, — mas os bois estão por baixo.

— O que! exclamou Paganel. — Está dizendo que há uma manada inteira enterrada naquele charco?

— Sim — respondeu o patagão.

De fato, uma enorme manada encontrara a morte naquele solo; centenas de bois acabavam de perecer, uns ao lado dos outros, afogados no imenso pântano. Este fato, que algumas vezes acontece na planície argentina, não podia ser ignorado pelo índio.

Thalcave observava com ansiedade este estado de coisas, que não lhe parecia normal. Parava de vez em quando, levantando-se nos estribos. Sua estatura elevada permitia-lhe divisar uma grande extensão, mas não descobrindo nada, continuava a marcha interrompida. Um quilômetro adiante, tornava a parar, afastando-se da linha que a caravana seguia, desviando-se alguns quilômetros, ora para o norte, ora para o sul, e voltava a colocar-se à frente da caravana, sem dizer nem o que esperava, nem o que temia. Esta manobra, repetida muitas vezes, intrigou Paganel e inquietou Glenarvan, que pediu ao sábio para interrogar o índio a respeito deste procedimento.

Thalcave respondeu que estava admirado ao ver a planície tão encharcada. Nunca, que ele soubesse, e desde que exercia a profissão de guia, seus pés tinham pisado um solo tão encharcado. Até na estação das chuvas, a planície Argentina oferece sempre passagem aos viajantes.

— Mas, a que se deve atribuir esta umidade crescente? — perguntou Paganel.

— Não sei...

— Os rios que descem das serras, engrossados pelas cheias, nunca saem do leito?

— Às vezes.

— Não pode ser isso o que está acontecendo?

— Talvez! — disse Thalcave.

Paganel teve que contentar-se com esta resposta.

— E o que Thalcave aconselha? — perguntou Glenarvan.

— O que devemos fazer? — perguntou então Paganel ao patagão.

— Caminhar depressa — limitou-se a responder o índio.

Conselho mais fácil de dar do que de seguir. Os cavalos cansavam-se rapidamente de caminhar naquele terreno pouco firme; a depressão tornava-se cada vez mais visível, e aquela porção da planície argentina podia ser comparada a uma imensa bacia, onde as águas invasoras rapidamente deviam acumular-se. Era preciso atravessar sem demora aqueles terrenos, que uma inundação facilmente transformaria num imenso lago.

Mas, não bastasse a água sob as patas dos cavalos, desabou um enorme temporal. Não havia como escapar de tal dilúvio, e o melhor era suportá-lo heroicamente. Os ponchos escorriam, os chapéus encharcavam os viajantes como um telhado com as goteiras entupidas; e os cavalos, enlameados, patinavam na lama.

Ensopados e exaustos, chegaram à noite a um rancho muito miserável. Porém, Glenarvan e seus companheiros não tinham muita escolha, metendo-se naquela choça abandonada, que até um índio dos Pampas desprezaria. Acenderam com dificuldade uma triste fogueira, feita de ervas, que soltava mais fumaça do que dava calor. Lá fora a chuva caía com violência, e a choça tinha muitas goteiras. Se a fogueira não se apagou, foi porque Mulrady e Wilson lutaram incansavelmente contra a invasão da água.

A refeição, simples e pouco confortadora, foi tristíssima. Faltava apetite. Só o major fez as honras ao charque úmido, não desperdiçando uma dentada. O impassível Mac-Nabs mostrava-se superior aos acontecimentos. Já Paganel, como bom francês, procurou gracejar, mas não foi bem sucedido.

— Os meus gracejos estão molhados também! — resignou-se ele.

O melhor a fazer, naquele momento, era tentar dormir. A noite não foi das mais repousantes. A choça estalava tanto que parecia que ia despedaçar-se; os pobres cavalos, expostos à inclemência do tempo, gemiam, e seus donos não sofriam menos, encerrados na cabana arruinada. Afinal o sono acabou por levar a melhor.

No dia seguinte, a chuva cessara, mas o terreno, impermeável, conservava toda a água derramada. Charcos e pântanos transbordavam, e Paganel, consultando o major, pensou, não sem razão, que os rios Grande e Vivarota, de onde derivam habitualmente as águas destas planícies, deviam ter misturado as correntes num leito de muitos quilômetros de extensão.

Era preciso andar mais depressa, por uma necessidade de preservação. Se a inundação aumentasse, onde encontrariam abrigo? Os viajantes trataram de esporear os cavalos. Thaouka ia à frente, achando sempre a passagem mais segura.

De repente, por volta das dez da manhã, Thaouka deu sinais de extrema agitação. Voltava-se freqüentemente para as imensas planícies do sul; os seus relinchos prolongavam-se e aspirava com força o ar cortante, enquanto corcoveava. Thalcave mantinha-se a custo na sela, forçando o freio, contudo o cavalo não sossegava. Thalcave sabia que, se deixasse o animal em liberdade, ele fugiria rapidamente para o norte.

— O que Thaouka estará pressentindo?

— Perigo! — respondeu o índio.

— Que perigo?

— Não sei.

Os viajantes começaram a escutar um rumor abafado. O vento soprava em rajadas úmidas e carregadas de uma poeira aquosa; os pássaros, fugindo de algum fenômeno desconhecido, atravessavam o espaço com a maior rapidez que o seu vôo permitia; os cavalos, metidos na água até o meio das patas, sentiam já os primeiros impulsos da corrente. Um ruído formidável, composto de mugidos, relinchos, balidos, ressoou a meio quilômetro no sul, e apareceram imensos rebanhos que, caindo, levantando-se, precipitando-se, fugiam com incrível rapidez. Distinguiam-se com dificuldade no meio dos turbilhões líquidos que a sua carreira levantava.

— Corram! Corram! — gritou Thalcave.

— O que foi?

— A cheia! A cheia! — retorquiu Thalcave, esporeando o cavalo na direção norte.

— Uma inundação! — exclamou Paganel, e voaram todos no rasto de Thaouka.

Foi na hora certa. Uma montanha de água despencava sobre a campina, que se transformava em oceano. As ervas altas desapareciam rapidamente. A massa líquida desfazia-se em lençóis de grande espessura e de uma força irresistível. Houvera, evidentemente, uma ruptura nos barrancos do grande rio dos Pampas, e talvez as águas do rio Colorado ao norte e do rio Negro ao sul tivessem se reunido num leito comum.

O imenso vagalhão aproximava-se com a velocidade de um cavalo de corridas. Os viajantes fugiam diante dele como nuvem acossada por um vendaval. Procuravam em vão por um refúgio. No horizonte o céu e a água confundiam-se. Os cavalos, excitados pelo perigo, corriam em galope desenfreado, e os cavaleiros com dificuldade se agüentavam na sela. Glenarvan olhava muitas vezes para trás.

— A água nos alcançará — pensou ele.

— Corram! Corram! — gritava Thalcave.

E continuavam a esporear os pobres animais, que tropeçavam nas fendas do solo, esbarravam nas ervas ocultas, caíam e tornavam a levantar. O nível das águas continuava a subir sensivelmente.

Durou cerca de um quarto de hora esta luta suprema contra o mais terrível dos elementos. Os fugitivos não podiam avaliar a distância que acabavam de percorrer, mas a julgar pela rapidez da corrida, devia ser importante.

Entretanto, os cavalos metidos na água até ao peito, avançavam com grande dificuldade. Todos já se consideravam perdidos e votados à morte horrível e inevitável dos náufragos no mar. Os cavalos começavam a perder pé, e poucos centímetros mais os afogaria.

Cinco minutos depois, os cavalos já estavam praticamente nadando; só a corrente é que os arrastava com uma violência incomparável, e velocidade igual à do seu galope mais rápido. Parecia impossível qualquer meio de salvação, quando a voz do major se fez ouvir:

— Uma árvore!

— Onde? — exclamou Glenarvan.

— Ali, ali! — redargüiu Thalcave, apontando uma nogueira gigantesca, que se elevava solitária no meio das águas.

Os seus companheiros não precisavam ser estimulados. Era preciso alcançar a árvore a todo custo. Os cavalos não chegariam a ela, certamente, mas os homens, pelo menos, poderiam salvar-se. A corrente os arrastava.

Uma enorme onda os engolfou. Homens e animais, tudo desapareceu, envolto num turbilhão de espuma.

Naquele momento o cavalo de Tom Austin deu um relincho prolongado e desapareceu. O dono, soltando os estribos, pôs-se a nadar vigorosamente.

— Agarre-se à sela do meu cavalo — gritou Glenarvan.

— E o seu cavalo, Robert?

— Vai indo, milorde! Nada como um peixe!

— Atenção! — gritou o major.

Mal proferiu estas palavras, uma enorme onda os engolfou. Homens e animais, tudo desapareceu, envolto num turbilhão de espuma.

Depois da enorme vaga passar, os homens voltaram à superfície das águas e contaram-se, rapidamente. Só os cavalos, com exceção de Thaouka, tinham desaparecido.

— Ânimo, ânimo! — repetia Glenarvan, que sustentava Paganel com um braço.

A árvore estava bem perto e os náufragos alcançaram-na em poucos instantes. Foi uma sorte, porque se não tivessem aquele refúgio, certamente morreriam afogados.

A água elevava-se ao ponto mais alto do tronco, e foi fácil agarrarem-se à árvore. Thalcave, abandonando o cavalo e içando Robert, foi o primeiro a subir, e bem depressa ajudou todos os outros nadadores, já sem forças, a salvarem-se.

Thaouka, arrastado pela corrente, afastava-se rápido. Voltava a cabeça para o dono, e sacudindo as compridas crinas, chamava-o, relinchando.

— Vai abandoná-lo! — disse Paganel ao índio.

— Nunca!

E atirando-se na correnteza, o patagão abraçou-se ao pescoço de Thaouka, e cavalo e cavaleiro derivaram juntos em direção ao enevoado horizonte do norte.

23

LEVANDO VIDA DE PÁSSARO

A árvore onde Glenarvan e os seus companheiros acabavam de encontrar abrigo, parecia uma nogueira. Tinha a folhagem luzidia e a forma arredondada, mas na verdade era um "ombú', árvore que se encontra isolada nas planícies argentinas. De tronco tortuoso e enorme, firma-se no solo por meio de grossas raízes, e por isso tinha conseguido resistir à violência da enorme vaga.

Tinha cerca de uns 30 metros de altura, e sua sombra cobria uma grande área. Todo este edifício de verdura arquitetava-se sobre três grossos galhos em que na parte superior se dividia o tronco de dois metros de espessura. Dois destes galhos elevavam-se quase perpendicularmente, e sustentavam o imenso guarda-sol de folhagem, cujos ramos cruzados, misturados, encanastrados como se fosse pela mão de um cesteiro, formavam um abrigo impenetrável. Pelo contrário, o terceiro alongava-se quase horizontalmente por cima das águas; as suas folhas mais baixas chegavam até a banhar-se no líquido; parecia um cabo daquela ilha de verdura, rodeada de um oceano. No interior da árvore gigantesca não faltava espaço livre; a folhagem, que afluíra para a circunferência, deixava livres grandes intervalos, verdadeiras clareiras, com ar em abundância, e fresquidão por toda parte. Ao ver estes ramos elevar até as nuvens os seus rebentos sem número, ao mesmo tempo em que cipós parasitas os ligavam uns aos outros, e que os raios do sol deslizavam através das abertas da folhagem, dir-se-ia por certo que só o tronco do gigantesco ombú sustentava sobre si uma floresta inteira.

Com a chegada dos fugitivos, um imenso bando de aves fugiu para os ramos superiores, protestando contra aquela invasão de domicílio. Estas aves, que também tinham procurado refúgio no ombú solitário, estavam ali aos centos, melros, estorninhos, e muitas outras espécies.

Este era o refúgio da pequena comitiva de Glenarvan. O jovem Grant e o ágil Wilson, assim que se acharam empoleirados na árvore, trataram de subir aos galhos superiores, atravessando aquele mar de verde. Deste ponto culminante podiam ver um vasto horizonte. O oceano produzido pela inundação rodeava-os por todos os lados, e era impossível distinguir seus limites. Nenhuma outra árvore, além do ombú, se distinguia na inundação. Troncos e galhos retorcidos, cadáveres de animais e pedaços de construção boiavam para todos os lados. Mais além, um ponto negro, já quase invisível, chamou a atenção de Wilson. Eram Thalcave e seu fiel Thaouka, que sumiam ao longe.

— Thalcave, meu amigo! — exclamou Robert, estendendo a mão para o corajoso patagão.

— Irá salvar-se, senhor Robert — consolou-o Wilson.

Instantes depois Robert e o marinheiro reuniram-se aos outros, que estavam sentados, ou agarrados, conforme sua aptidão. Wilson contou o que tinham avistado, e todos partilharam de sua opinião a respeito do destino de Thalcave. Só tinham dúvidas sobre se seria Thalcave a salvar Thaouka, ou se seria Thaouka quem salvaria o dono.

A situação dos hóspedes do ombú era bem mais grave. A árvore não cederia à correnteza, era certo, mas a inundação aumentava, e podia chegar aos galhos mais elevados, porque a depressão do solo fazia desta parte da planície um profundo reservatório. O primeiro cuidado de Glenarvan foi estabelecer uma marcação, para observar os diversos níveis da água. Alguns momentos depois, Glenarvan viu que o nível da água se estabilizava. A cheia parecia ter atingido seu ponto máximo, e isso já era tranqüilizador.

— Agora, o que vamos fazer? — disse Glenarvan.

— Vamos fazer nosso ninho, ora essa! — redargüiu Paganel alegremente.

— Fazer nosso ninho? — exclamou Robert.

— Certamente, meu rapaz, e viver como pássaros, já que não podemos viver como peixes.

— E quem irá nos alimentar? — perguntou Glenarvan.

— Eu! — redargüiu o major.

Todos os olhares voltaram-se para Mac-Nabs; o major estava comodamente sentado numa poltrona natural formada por dois ramos elásticos, e com uma mão estendia os alforjes molhados, mas arredondados pelo farto conteúdo.

— Ah! Como sempre, Mac-Nabs pensou em tudo! — exclamou Glenarvan.

— Já que estávamos decididos a não morrermos afogados — replicou o major, — também não tínhamos intenção de morrermos de fome!

— Eu teria pensado nisso, se não fosse tão distraído! — disse o ingênuo Paganel.

— E o que tem nestes alforjes? — perguntou Tom Austin.

— O suficiente para nos alimentar por dois dias! — retorquiu Mac-Nabs.

— Creio que a inundação terá diminuído consideravelmente daqui a vinte e quatro horas — observou Glenarvan.

— Ou teremos que achar um meio de alcançar terra firme — replicou Paganel.

— O nosso primeiro dever é, portanto, comer algo! — disse Glenarvan.

— Mas depois de nos enxugarmos — observou o major.

— Mas, como arranjaremos fogo? — perguntou Wilson.

— Iremos arranjá-lo.

— Onde?

— No cume do tronco. Vamos cortar lenha!

— Mas como vamos acendê-la? — perguntou Glenarvan.

— A isca que temos parece uma esponja molhada!

— Passaremos sem ela! — retorquiu Paganel. — Um pouco de musgo seco, um raio de sol, a lente da minha luneta, e faremos fogo. Quem vai buscar lenha?

— Eu! — prontificou-se Robert.

E seguido de Wilson, desapareceu no alto da árvore. Durante sua ausência, Paganel achou musgo seco em quantidade suficiente. Depois, com o auxílio da lente, inflamou sem dificuldade estas matérias combustíveis, onde colocou a braçada de lenha trazida por Wilson e Robert. A lenha inflamou-se, e não tardou que uma bela chama se elevasse do braseiro improvisado. Cada qual enxugou-se como pôde, enquanto os ponchos secavam pendurados ao vento. Em seguida comeram, dividindo a comida em pequenas porções, porque tinham que pensar no dia de amanhã. Podia acontecer da água não escoar-se tão rapidamente quanto esperava Glenarvan, e as provisões eram limitadas. O ombú não produzia fruto; mas, por sorte, podia fornecer ovos frescos, graças ao grande número de ninhos que se encontravam em seus ramos, sem falar das aves que ali habitavam. Eram recursos a serem considerados!

E como a permanência no ombú podia ser prolongada, o melhor era acomodarem-se com o maior conforto possível.

— Já que a cozinha e a sala de jantar estão no térreo — disse Paganel, — iremos dormir no primeiro andar. A casa é vasta e o aluguel barato. Lá em cima estou vendo berços formados pela natureza, nos quais, depois de bem seguros, dormiremos como na melhor cama do mundo. Nada temos a recear, mas mesmo assim, poremos vigias, e estamos em número suficiente para repelir qualquer ataque, seja de índios ou de animais selvagens.

— Só o que nos falta são armas — disse Tom Austin.

— Tenho os meus revólveres — disse Glenarvan.

— E eu, os meus — redargüiu Roberto.

— Para que servem — volveu Tom Austin, — se o senhor Paganel não descobrir o meio de fabricar pólvora?

— Não é preciso — acudiu o major, mostrando um polvorinho em perfeito estado.

— Onde arranjou isto, major? — perguntou Paganel.

— Com Thalcave. Ele pensou no que podia nos ajudar, e deu-me isto antes de se precipitar em socorro de Thaouka.

— Índio valente e generoso! — exclamou Glenarvan.

— Sim — observou Tom Austin, — se todos os patagões forem deste feitio, cumprimento toda a Patagônia.

— Não esqueçam o cavalo! — disse Paganel. — Faz parte do patagão, e, tenho certeza que vamos vê-los novamente.

— A que distância estamos do Atlântico? — perguntou o major.

— Uns sessenta quilômetros — respondeu Paganel. — E agora, meus amigos, vou lá em cima escolher um observatório, e com ajuda do meu binóculo, vou me inteirar de tudo.

Deixaram o sábio fazer o que bem entendia, e Paganel, agilmente, trepou de galho em galho, desaparecendo por detrás da espessa folhagem. Os seus companheiros trataram então de organizar como iriam passar a noite. Não foi nem difícil nem demorado. Não havia coberturas, nem móveis que arrumar, e dali a pouco cada qual veio retomar o seu lugar em volta do braseiro.

Conversaram não sobre a situação atual, a qual tinham que suportar com paciência. Trataram do inesgotável tema do capitão Grant. Se as águas baixassem, dentro de três dias estariam novamente a bordo do *Duncan*. Mas Harry Grant e seus dois companheiros não estariam com eles. Parecia até que, depois daquele insucesso, toda a esperança de o encontrar ficava irremediavelmente perdida. Que direção dar a novas pesquisas? E qual não seria a tristeza de lady Helena e de Mary Grant ao ver que o futuro não lhes dava esperança alguma?

— Pobre irmã! Tudo se acabou para nós! — disse Robert.

E pela primeira vez, Glenarvan não teve como consolá-lo. O que dizer ao jovem? Pois então ele não seguira com rigorosa exatidão as indicações do documento?

— Contudo — disse ele, — o grau trinta e sete de latitude não é um algarismo sem significação! Quer se refira ao naufrágio ou ao cativeiro de Harry Grant, não foi calculado, interpretado, adivinhado! Nós o lemos com nossos próprios olhos!

— Isso é verdade, milorde — replicou Tom Austin, — e no entanto nossas pesquisas foram infrutíferas.

— Isso é para irritar, e também desesperar, ao mesmo tempo — exclamou Glenarvan.

— Para irritar, se quiser — observou Mac-Nabs, tranqüilamente, — mas não para desesperar. E justamente por termos este algarismo, que não oferece dúvida.

— Mas, então, o que nos resta a fazer? — perguntou Glenarvan.

— Uma coisa muito simples e lógica. Depois de nos acharmos a bordo do *Duncan*, navegaremos na direção norte, e seguiremos, se for preciso, até ao nosso ponto de partida, o paralelo trinta e sete.

— E acha que não pensei nisso, Mac-Nabs? — redargüiu Glenarvan. — Milhares de vezes! Mas qual a probabilidade de termos sucesso? Afastarmo-nos do continente americano não é nos afastarmos do lugar indicado pelo próprio Harry Grant, dessa Patagônia a que tão claramente se refere o documento?

— Quer então pesquisar novamente os Pampas — replicou o major, — quando temos certeza que o naufrágio não sucedeu nem nas costas do Pacífico, nem nas do Atlântico?

Glenarvan não respondeu.

— E por mais fraca que seja a possibilidade de achar Grant ao percorrer o paralelo indicado por ele, não devemos experimentar?

— Não digo que não — respondeu Glenarvan.

— E vocês — acrescentou o major, — dirigindo-se aos marinheiros, — não são desta opinião?

— Inteiramente — respondeu Tom Austin, enquanto Mulrady e Wilson faziam um sinal afirmativo com a cabeça.

— Escutem, meu amigos, — volveu Glenarvan após alguns instantes de reflexão, — e escute bem, Robert, porque isto é uma grave discussão. Farei tudo quanto for possível para encontrar o capitão Grant. Dedicarei minha vida inteira a esta empresa, se for preciso. Toda a Escócia se uniria comigo para salvar esse homem de coração que se sacrificou por ela. Eu também penso que, por fraca que seja a probabilidade de o encontrar de semelhante modo, devemos fazer uma viagem ao redor do mundo, seguindo o paralelo trinta e sete, e hei de fazê-la. Mas a questão a resolver não é essa. É muito mais importante! Deveremos abandonar definitivamente, e a partir deste momento, as nossas pesquisas no continente americano?

Esta pergunta não obteve resposta.

— Então? — tornou Glenarvan, dirigindo-se particularmente ao major.

— Meu caro Edward, é uma grave responsabilidade responder-lhe isto. O caso demanda reflexão. Em primeiro lugar, desejo saber que terra atravessa o trigésimo sétimo grau de latitude sul.

— Esta é uma questão para o nosso Paganel — respondeu Glenarvan, e gritou: — Paganel! Paganel!

— Estou aqui — respondeu uma voz que vinha do céu.

— Na minha torre!

— O que está fazendo aí?

— Examinando o horizonte.

— Pode descer um instante?

— Estão precisando de mim? Para que?

— Para sabermos que países o paralelo trinta e sete atravessa.

— Nada mais fácil — replicou Paganel.

— Bem, diga então.

— Aí vai. Ao sair da América, o paralelo trinta e sete do sul atravessa o Oceano Atlântico. Encontra as ilhas de Tristão da Cunha. Passa dois graus abaixo do Cabo da Boa Esperança.

— Depois?

— Corre através do mar das Índias. Passa muito próximo da ilha de S. Pedro, do grupo das ilhas Amsterdã. Corta a Austrália na província de Vitória.

— Prossiga.

— Saindo da Austrália...

Esta ultima frase não foi concluída. O sábio hesitava? Não; um grito formidável, uma exclamação violenta se fez ouvir nas alturas do ombú. Glenarvan e seus amigos empalideceram. Alguma nova catástrofe estaria acontecendo? O infeliz Paganel teria caído? Wilson e Mulrady já corriam em seu socorro, quando apareceu um comprido vulto. Paganel vinha aos tombos, de galho em galho. Não conseguia agarrar-se a coisa alguma. Estaria vivo? Estaria morto? Não se sabia, e ia cair nas águas, quando o major, com vigoroso pulso, o deteve na queda.

— Muito obrigado, Mac-Nabs — exclamou Paganel.

— O que é? — disse o major. O que aconteceu? Mais uma das suas eternas distrações?

— Sim! sim! — respondeu Paganel, com voz sufocada pela comoção. — Sim! uma distração... desta vez fenomenal!

— Que foi?

— Estávamos enganados! O tempo todo! Enganados!

— Explique-se!

— Glenarvan, major, Robert, meus amigos — exclamou Paganel, — procuramos o capitão Grant onde ele não está.

— O que está dizendo? — exclamou Glenarvan.

— Não somente onde ele não está — ajuntou Paganel, — mas onde nunca esteve!

*Paganel vinha aos tombos, de galho em galho e ia cair nas águas,
quando o major, com vigoroso pulso, o deteve na queda.*

24

AINDA COMO PÁSSAROS

Estas palavras causaram espanto profundo. O que Paganel queria dizer? Falava com tamanha convicção, que todos os olhares convergiram para Glenarvan. A afirmativa de Paganel era uma resposta direta à pergunta que ele acabava de formular. Mas Glenarvan limitou-se a fazer um gesto negativo, que não depunha a favor do sábio.

Paganel, já senhor de si, tomou a palavra.

— Sim, sim! Erramos! Lemos no documento o que ele não contém!

— Explique-se, Paganel — disse o major, — e com calma.

— É simples, major. Quando estava no alto da árvore, respondendo suas perguntas, detive-me na palavra "Austrália", e então, tive uma intuição! A palavra *austral* que se acha no documento, não é uma palavra completa, como até aqui supusemos, mas sim parte da palavra *Austrália*.

— Ora, isso é impossível! — redargüiu Glenarvan.

— Impossível é uma palavra que não existe na França! — tornou Paganel.

— Então — prosseguiu Glenarvan, incrédulo, — quer dizer que o naufrágio da *Britannia* se deu nas costas da Austrália?

— Tenho certeza disso! — replicou Paganel.

— Sua certeza me espanta, ainda mais que o senhor é o secretário de uma sociedade geográfica — disse Glenarvan.

— Por que? — perguntou Paganel, ofendido.

— Porque se admite a palavra *Austrália*, admite ao mesmo tempo em que ali se encontram *índios*, o que até hoje ninguém viu!

Paganel parecia esperar por aquele argumento, porque sorriu.

— Meu caro Glenarvan, no texto não há nem a palavra *índios*, nem a palavra *Patagônia*! A palavra incompleta *indi* não significa *índios*, mas sim *indígenas*! Ora, admite que haja indígenas na Austrália?

— Bravo, Paganel! — disse o major, enquanto Glenarvan olhava para o sábio calado.

— Admite minha interpretação, caro lorde?

— Se me provar que o resto da palavra *gonia* não se aplica ao país dos patagões! — respondeu Glenarvan.

— Não se aplica, com certeza — exclamou Paganel, — não se trata de *Patagônia*! Leia tudo o que quiser, exceto isso.

— Então o que há de ler?

— *Cosmogonia! teogonia! agonia!...*

— *Agonia!* — disse o major.

— Isto é indiferente — replicou Paganel; — a palavra não tem importância alguma. Nem procuro saber o que ela possa significar. O ponto principal é que *austral* indica *Austrália*, e só tomando o espírito uma direção falsa, é que não se dá logo com explicação tão evidente. Se fosse eu que tivesse achado o documento, se o meu juízo não tivesse sido falseado pela interpretação que os senhores lhe deram, nunca teria compreendido o documento de outro modo!

Desta vez *hurrahs*, felicitações, cumprimentos, acolheram as palavras de Paganel. Austin, os marinheiros, o major, e Robert principalmente, tão felizes por sentirem renascer a esperança, aplaudiram o digno sábio. Glenarvan, cujos olhos se iam abrindo pouco a pouco, estava, disse ele, quase a dar-se por vencido.

— Uma última observação, meu querido Paganel, e só terei depois que me curvar perante a sua perspicácia.

— Fale, Glenarvan.

— Como ajunta as palavras novamente interpretadas, e de que maneira lê o documento?

— Não há nada mais fácil. Eis o documento — disse Paganel, apresentando o precioso papel que ele estudava tão conscienciosamente havia alguns dias.

Estabeleceu-se profundo silêncio, enquanto o geógrafo, reunindo as suas idéias, tomava tempo para responder. Com o dedo seguia sobre o documento as linhas interrompidas, ao mesmo tempo em que em voz firme, ia lendo:

— *Em 7 de junho de 1862 a galera Britannia, de Glasgow, naufragou depois de... coloquemos aqui, se quiser, dois dias ou uma longa agonia, pouco importa, é inteiramente indiferente, nas costas da Austrália. Dirigindo-se para terra, dois marinheiros e o capitão Grant vão esforçar-se por abordar ou abordaram ao continente onde ficarão ou onde ficam prisioneiros de indígenas cruéis. Lançaram este documento, etc, etc.* Estará claro?

— Estaria, retorquiu Glenarvan, se o nome de "continente" pudesse aplicar-se à Austrália que é uma ilha apenas!

— Sossegue, meu caro Glenarvan, os melhores geógrafos estão de acordo em dar a essa ilha o nome de "continente australiano".

— Então, só tenho uma coisa a dizer, meus queridos amigos — exclamou Glenarvan: — Para a Austrália! E que Deus nos ajude!

— Para a Austrália! — repetiram os seus companheiros unanimemente.

— Paganel, sua presença a bordo do *Duncan* é um fato providencial!

— Façamos de conta que sou um enviado da Providência, e não falemos mais nisso! — replicou Paganel.

Assim terminou esta conversa que, no futuro, teve tão serias conseqüências. Modificava completamente a situação moral dos viajantes. Acabavam de tornar a achar o fio do labirinto em que se julgavam para sempre perdidos. Sobre as ruínas dos seus destruídos projetos fundavam nova esperança. Podiam sem receio abandonar o continente americano, e todos os seus pensamentos voavam já para a terra australiana. Quando voltassem para bordo do *Duncan*, não levariam ali o desespero, e lady Helena e Mary Grant não chorariam a irremediável perda do capitão Grant! Por isso esqueceram logo os perigos que a sua situação oferecia para se entregarem à alegria, e só sentiram pesar por não poderem partir imediatamente.

Eram quatro da tarde. Paganel quis celebrar aquele dia feliz com um banquete, mas como a lista dos manjares era limitada, propôs uma caçada a Robert. Ao escutar esta idéia, o jovem bateu palmas. Pegaram o polvorinho de Thalcave, limparam os revólveres, carregaram-nos e puseram-se a caminho.

— Não se afastem muito — disse o major, com gravidade.

Depois de partirem, Glenarvan e Mac-Nabs foram consultar como estava se dando a vazão das águas, enquanto Wilson e Mulrady reavivavam a fogueira.

Glenarvan não viu sinal de que as águas baixassem. Apesar de terem atingido o maior grau de elevação, a violência com que derivavam do sul para o norte mostrava que o equilíbrio ainda não se estabelecera entre os rios. Antes de baixar, era preciso que a massa líquida ficasse algum tempo tranqüila, como o mar, no momento em que o fluxo acaba e o refluxo recomeça.

Enquanto Glenarvan e o major faziam suas observações, ouviam-se tiros na árvore, acompanhados de gritos de alegria ruidosos. A caçada parecia ir bem, e prometia um jantar excelente. E quando o major e Glenarvan voltaram para perto da fogueira, tiveram que felicitar Wilson, pela excelente idéia que o marinheiro tivera. Com o auxílio de um alfinete e um pedaço de corda, ele entregara-se a uma pesca milagrosa. Algumas dúzias de peixinhos, chamados "mojarras", agitavam-se numa dobra do seu poncho, e prometiam um prato delicioso.

Naquele momento os caçadores desceram do alto da árvore. Paganel trazia alguns ovos de andorinha preta, e muitos pardais, que mais tarde apresentaria com o nome de tordos. Paganel, que conhecia cinqüenta e uma maneiras de preparar os ovos, teve que contentar-se em cozê-los sobre cinzas quentes. Mas a refeição foi saborosa e muito festejada.

A conversa foi alegre, e fizeram-se muitos comprimentos a Paganel na sua qualidade de caçador e cozinheiro. O sábio aceitou modestamente os elogios, e entregou-se a curiosas considerações a respeito da magnífica árvore que os abrigava.

— Eu e Robert — disse ele, jovialmente, — julgávamos-nos em plena floresta durante a caçada. Houve momentos em que receei nos perdemos! O sol já se punha, e procurava encontrar os vestígios dos meus passos. A fome era cruel! Já nos matagais soava o rugido dos animais ferozes... Mas não! Aqui não há animais ferozes, o que eu lamento!

— Lamenta? — espantou-se Glenarvan.

— Decerto!

— Mas, não receia a sua ferocidade?

— A ferocidade não existe... cientificamente falando — replicou o sábio.

— Ah, não, isso não! — disse o major. — O senhor nunca me fará admitir a utilidade dos animais ferozes. Para que eles servem?

— Servem para se fazer com eles classificações, ordens, famílias, gêneros, espécies... — exclamou Paganel.

— Que vantagem! — desdenhou Mac-Nabs. — Passaria bem sem ela! Se eu tivesse sido companheiro de Noé por ocasião do dilúvio, certamente teria impedido que aquele patriarca imprudente colocasse na arca leões, tigres, panteras, ursos e outros animais tão daninhos como inúteis!

— Faria isso? — perguntou Paganel.

— Certamente.

— Faria mal sob o ponto de vista zoológico.

— Não sob o ponto de vista humanitário — disse o major.

— É repugnante! — tornou Paganel. — Eu, pelo contrário, teria precisamente conservado até mesmo os seres antediluvianos de que nos achamos tão infelizmente privados...

— Pois eu digo — replicou Mac-Nabs, — que Noé fez bem em abandoná-los à sua sorte, admitindo que eles vivessem no seu tempo.

— E eu digo que Noé fez mal — disse Paganel, — e que ficou merecendo até a consumação dos séculos a maldição dos sábios!

O auditório não podia deixar de rir ao ver os dois amigos julgarem o velho Noé. Em oposição aos seus princípios, o major, que em toda a sua vida não tinha discutido com pessoa alguma, andava todos os dias em disputas com Paganel. Era para crer que o sábio lhe exacerbava o ânimo de modo muito particular.

Glenarvan interveio no debate e disse:

— Que seja para lastimar ou não, sob o ponto de vista científico como sob o ponto de vista humano, o estarmos privados de animais ferozes, é preciso resignarmo-nos à sua ausência. Paganel não podia esperar encontrá-los nesta floresta aérea.

— Porque não? — replicou o sábio.

— Feras em cima de uma árvore? — disse Tom Austin.

— Ora! O tigre da América, o jaguar, quando os caçadores o perseguem de perto, refugia-se numa árvore. Um destes animais surpreendidos pela inundação, poderia muito bem procurar asilo nos ramos do ombú.

— Em todo o caso, não os encontrou, suponho eu? — disse o major.

— Não — respondeu Paganel, — embora corrêssemos toda a floresta. Foi pena, porque teria sido uma caçada magnífica. Carnívoro feroz é o jaguar! Com uma simples patada torce o pescoço a um cavalo! Depois de provar da carne humana, saboreia-a com grande prazer. Do que ele gosta mais é do índio, depois do negro, em seguida do mulato, e afinal do branco!

199

— Estou satisfeito com o último lugar! — disse Mac-Nabs.

— Ora! Isso prova simplesmente que o senhor tem um sabor insípido! — replicou Paganel com ar de desdém.

— Satisfeitíssimo por ser insípido! — retorquiu o major.

— Seja como for, meu bom Paganel — interveio Glenarvan, — visto que entre nós não há nem índios, nem negros, nem mulatos, estimo muito a ausência dos seus queridos jaguares. Não é tão agradável a nossa situação...

— Como! Agradável! — exclamou Paganel, agarrando-se a esta palavra que podia dar nova direção à conversa. — Queixa-se da sua sorte, Glenarvan?

— Decerto — respondeu Glenarvan.— Diga-me, está confortável nestes ramos incômodos e poucos macios?

— Nunca estive melhor, nem mesmo em meu gabinete. Levamos uma vida de pássaros, cantamos, adejamos! Começo a crer que os homens foram destinados a viver nas árvores.

— Só lhes faltam asas! — disse o major.

— Algum dia as arranjará!

— Entretanto — replicou Glenarvan, — permita-me, meu amigo, que prefira a esta habitação aérea as alamedas de um jardim, o chão de uma casa, ou a tolda de um navio!

— Glenarvan — ponderou Paganel, — é preciso aceitar as coisas como elas são! Se forem boas, melhor, se não, não se dá importância. Tem saudades das comodidades de Malcom-Castle!

— Não, mas...

— Tenho a certeza de que Robert se dá por muito feliz — apressou-se Paganel a dizer, para assegurar ao menos um partidário das suas teorias.

— Sim, senhor! — exclamou Robert em tom jovial.

— É da idade — observou Glenarvan.

— E da minha! — retorquiu o sábio. — Menos comodidades a gente goza, menos necessidades tem. Quanto menos necessitamos, mais felizes somos!

— Vamos — disse o major, — aí temos Paganel a declarar guerra às riquezas e ao luxo.

— Não, Mac-Nabs — redargüiu o sábio, — mas, se quiser, vou contar-lhe a este propósito uma pequena história árabe que me vem à memória.

— Sim, sim, conte, senhor Paganel — disse Robert.

— E o que provará a sua história? — perguntou o major.

— O que provam todas as histórias, meu excelente companheiro.

— Então é pouco — redargüiu Mac-Nabs. — Em todo caso, faça como Sheerazade e nos conte um bonito conto!

— Havia uma vez — disse Paganel, — um filho do grande Haroun-al-Raschid que não era feliz. Foi consultar um velho dervixe. O sapiente ancião respondeu-lhe que a felicidade era coisa muito difícil de encontrar neste mundo. Contudo, acrescentou ele, conheço um meio de alcançares a ventura. — Qual é? perguntou o jovem príncipe. — É, respondeu o dervixe, vestires a camisa de um homem feliz! — Ouvindo isto, o príncipe abraçou o velho, e foi procurar o talismã. Ei-lo que parte. Visita todas as capitais da terra! Experimenta camisas de reis, camisas de imperadores, camisas de príncipes, camisas de grandes senhores. Trabalho baldado; não se sente mais feliz! Veste de mercadores. O mesmo resultado. Correu assim meio mundo sem encontrar a felicidade. Afinal, desesperado de ter experimentado tantas camisas, voltava muito triste, um belo dia, para o palácio de seu pai, quando avistou no campo um bom lavrador, todo alegre e a cantar, guiando a sua charrua. — Aí está decerto um homem que possui a felicidade, disse ele consigo, ou a felicidade não existe neste mundo. Vai direito a ele. — Bom homem, disse-lhe, és feliz? — Sim! respondeu o outro. — Não desejas nada? — Não. — Não trocarias a tua sorte pela sorte de um rei? — Nunca! — Bem, então vende-me a tua camisa! — A minha camisa! Não tenho!

25
ENTRE O FOGO E A ÁGUA

A história de Paganel foi bem acolhida, e todos a aplaudiram, no entanto, ele obteve os resultados de sempre, ou seja, não convenceu ninguém. Mas todos concordaram que é preciso mostrar cara alegre na adversidade.

Enquanto conversavam, a noite caiu e só um bom sono podia arrematar aquele dia tão cheio de emoções. Mas antes de se "meterem no ninho", como disse Paganel, Glenarvan, Robert e o sábio foram até ao observatório, para examinar pela última vez a planície. Eram quase nove da noite e todo o horizonte do oriente tomava um aspecto tempestuoso. Uma nuvem espessa e sombria subia pouco a pouco, encobrindo as estrelas. Esta nuvem, de aparência sinistra, bem depressa encobriu metade do céu. No entanto, não havia sinal nem mesmo da mais leve aragem, nem uma folha se agitava nas árvores, nem uma ruga encrespava a superfície das águas. O próprio ar parecia faltar. Uma eletricidade de alta tensão saturava a atmosfera, e todos podiam senti-la.

Glenarvan, Paganel e Robert ficaram impressionados com aquelas ondas elétricas.

— Vamos ter tempestade — disse Paganel.

— Você não tem medo de trovões? — Perguntou Glenarvan ao jovem.

— Não, milorde.

— Ótimo, porque a tempestade se aproxima.

— E será violenta, a julgar-se pelo que estamos vendo.

— Não é a tempestade que me inquieta — replicou Glenarvan, — mas sim as torrentes de chuva que virão. Vamos ficar encharcados até os ossos. Diga o que disser, Paganel, um ninho não basta para um homem, e você sentirá isso na pele.

Glenarvan lançou um último olhar para o céu ameaçador. Apenas para os lados do poente, uma faixa indecisa se iluminava com os clarões crepusculares. As águas tomavam uma cor sombria e pareciam uma nuvem inferior prestes a confundir-se com os pesados vapores que desciam do céu. A própria sombra já não era visível, e o silencio tornava-se tão profundo quanto a escuridão.

— Vamos, a tempestade não irá demorar! — disse Glenarvan.

E os três deixaram-se escorregar pelos ramos lisos, ficando admirados ao se verem em meio a uma semi-claridade de efeito surpreendente; era produzida por milhares de pontos luminosos que se cruzavam zumbindo à superfície das águas.

— São fosforescências? — perguntou Glenarvan

— Não — respondeu Paganel. — São insetos fosforescentes, verdadeiros pirilampos.

— O quê! — exclamou Robert. — São insetos que voam como faíscas?

— Sim, meu rapaz.

Robert agarrou um dos cintilantes animais. Paganel não se enganara. Era uma espécie de grande zangão, a que os índios deram o nome de "tuco-tuco". Este curioso coleóptero lançava clarões, e à sua luz bastante viva, poderia até ler-se. Paganel aproximou o inseto do relógio, e viu que já eram dez horas da noite.

Reunindo-se aos outros companheiros, Glenarvan anunciou-lhes que deveriam preparar-se para uma violenta tempestade. Temendo o vento, todos concordaram em amarrarse solidamente nos galhos em que iriam dormir. Se não podiam evitar as águas do céu, pelo menos poderiam prevenir-se contra as águas da terra. E então, deram-se boa-noite resignadamente, acomodando-se o melhor possível naquela cama aérea, e embrulhando-se no poncho.

Mas a aproximação dos grandes fenômenos da natureza lança no coração de todo ser humano uma vaga inquietação, à qual até os mais corajosos não podem se subtrair. Os moradores do ombú, agitados e oprimidos, não pregaram o olho, e o primeiro trovão encontrou-os todos acordados. Soou pouco antes das onze horas, sob a forma de um ribombo afastado. Glenarvan dirigiu-se para a extremidade do ramo horizontal, e atreveu-se a colocar a cabeça fora da folhagem.

O fundo negro do céu estava já sulcado por incisões vivas e brilhantes, que as águas da cheia refletiam nitidamente. E depois de observar o céu e o horizonte, que se confundiam em igual escuridão, Glenarvan voltou para junto dos companheiros.

— E então, Glenarvan? — perguntou Paganel.

— Acho que a tempestade será terrível!

— Tanto melhor, amo tanto mais um belo espetáculo, quanto menos o posso evitar! — disse Paganel.

— Eis mais uma das teorias do sábio — disse o major.

— É uma das melhores, Mac-Nabs. A tempestade será terrível, concordo com lorde Glenarvan. Agora mesmo, quando tentava dormir, vieram-me à memória alguns fatos. Estamos na região das grandes tempestades elétricas. Li, não sei onde, que em 1793, precisamente na província de Buenos Aires, caíram trinta e sete raios durante uma só tempestade. O meu colega, sr. Martin de Moussy, contou até cinqüenta e cinco minutos de ribombar continuado.

— De relógio na mão? — perguntou o major.

— De relógio na mão. Só uma cousa me inquietaria — acrescentou Paganel, — se a inquietação servisse para evitar o perigo, é que o único ponto culminante desta planície é exatamente o ombú onde estamos. Um pára-raios seria aqui muito útil, porque precisamente esta árvore, entre todas dos Pampas, é a que o raio prefere. E depois, meus amigos, não ignoram que os sábios recomendam que não se deve procurar refúgio debaixo das árvores durante a tempestade.

— Bem — disse o major, — é uma recomendação que vem muito a propósito!

— Devo confessar, amigo Paganel — observou Glenarvan, — que escolhe bem o momento para nos contar essas coisas tranqüilizadoras.

— Ora! — replicou Paganel. — Todas as ocasiões são boas para a gente se instruir.

Trovões mais violentos interromperam esta conversa inoportuna; a sua intensidade aumentava percorrendo tons mais elevados; aproximavam-se e passavam do grave ao agudo, tornando-se agudos bem depressa.

Os continuados relâmpagos tomavam formas variadas. Alguns, dardejando perpendicularmente sobre o solo, repetiam-se cinco ou seis vezes no mesmo lugar. Outros excitariam ao mais alto grau a curiosidade de um sábio, porque, se Arago, nas suas interessantes estatísticas, só apontou dois exemplos de relâmpagos bifurcados, aqui se reproduziam aos centos. Alguns, divididos em mil ramos diversos, desenvolviam-se sob o aspecto de ziguezagues coraliformes e produziam sob a escura abobada efeitos surpreendentes de luz arborescente.

Em pouco todo o céu, de leste a norte, ficou coberto por uma faixa fosfórica de imenso brilho. Este incêndio foi-se propagando por todo o horizonte, inflamando as nuvens como se fossem feitas de matérias combustíveis, e dentro em pouco, refletido pelas águas espelhadas, formou uma esfera imensa de fogo, de que o ombú era o ponto central.

Glenarvan e os seus companheiros olhavam silenciosamente para este espetáculo aterrador. Desdobravam-se no espaço umas como faixas de luz branca que chegavam até os viajantes; nestes rápidos clarões apareciam e desapareciam subitamente, como que animados por vida espectral, ora o tipo sereno do major, a fisionomia curiosa de Paganel, ou as feições enérgicas de Glenarvan, ora o rosto assustado de Robert, ou a fisionomia dos marinheiros, respirando a proverbial indiferença diante do perigo.

Entretanto, a chuva ainda não caía, e o vento não soprava. Não tardou, porém, para que a tempestade desabasse. As grandes bagas de água, batendo na superfície do lago, ressaltavam, em forma de milhares de faíscas, iluminadas pelo clarão dos relâmpagos.

O aguaceiro estaria anunciando que a tempestade chegara ao seu termo? Não. Apareceu de súbito um globo inflamado, do tamanho de um punho, e rodeado de fumaça negra. Depois de girar sobre si mesmo durante alguns segundos, o globo rebentou como uma bomba, e com tal barulho que se tornou perceptível no meio do ruído geral. Um vapor sulfuroso encheu a atmosfera. Fez-se silêncio por alguns momentos, e pôde-se ouvir a voz de Tom Austin, que bradava:

— A árvore está queimando!

Tom Austin não se enganava. Num momento, a chama, como se tivesse pegado numa grande peça de fogo de artifício, propagou-se por todo o lado ocidental do ombú; os ramos ressequidos, os ninhos de erva seca, e finalmente toda a casca da árvore, de natureza esponjosa, formaram alimento favorável à propagação do fogo.

Começou a ventar então sobre o incêndio. Era preciso fugir. Glenarvan e seus companheiros refugiaram-se no lado oriental do ombú, poupado pelo incêndio. Estavam mudos, aterrados, escorregavam, aventurando-se pelos galhos, que vergavam sob seu peso. Enquanto isso, as chamas iam destruindo a árvore, ora elevando-se a prodigiosas alturas, ora confundindo-se com o abrasamento geral da atmosfera. Glenarvan, Robert, o major, Paganel e os marinheiros esta-

Os continuados relâmpagos tomavam formas variadas.

vam apavorados; uma espessa fumaça os sufocava; o calor era intolerável. Glenarvan e seus companheiros estavam condenados a morrerem queimados!

— Para a água! — comandou Glenarvan, fazendo a escolha da morte menos cruel.

Wilson, a quem as chamas já alcançavam, acabava de se precipitar no lago, quando o ouviram gritar aterrorizado:

— Acudam! acudam!

Austin correu para ele, e ajudou-o a trepar para o tronco.

— O que foi?

— Crocodilos! Crocodilos!

O arvore estava rodeada por cerca de dez ferozes destes animais, batendo na água com a cauda formidável. À vista daqueles animais, os desgraçados sentiram-se perdidos. Esperava-os uma morte horrorosa, quer fossem consumidos pelas chamas, quer devorados pelos crocodilos. Até o próprio major manifestou-se diante de tão terrível situação:

— Podia bem ser que agora fosse o final de todos os finais.

Glenarvan, com o olhar alucinado, contemplava o fogo e a água, ligados contra ele, sem saber que auxílio pedir ao céu.

A tempestade estava diminuindo, mas a eletricidade atmosférica era ainda enorme. Para o lado sul formava-se pouco a pouco uma tromba enorme, como um furacão ou um ciclone, um cone composto de nevoeiros, com o cume para baixo, a base para cima, que punha em comunicação as águas revoltas da cheia com as nuvens da tempestade. Este meteoro avançou dali a pouco girando sobre si mesmo com rapidez vertiginosa; atraindo para o seu centro uma coluna de água levantada do lago, e com atração violenta, produzida pelo movimento giratório, fazia convergir precipitadamente sobre si as correntes de ar que o rodeavam.

Dentro em pouco, a tromba gigantesca arremessou-se sobre o ombú, enlaçando-o. A árvore foi abalada até as raízes.

Glenarvan e seus companheiros, segurando-se uns aos outros, sentiram que a árvore imensa cedia e revirava; os seus ramos inflamados mergulharam nas águas revoltas e tumultuosas assobiando de modo formidável. Foi questão de um segundo. A tromba, que já passara, levara para longe sua desastrosa violência, e sugando as águas do lago, parecia esgotá-lo na sua passagem.

Então o ombú, deitado nas águas, derivou por efeito do esforços combinados do vento e da corrente. Os crocodilos tinham fugido, exceto um, que se lançava sobre as raízes, mas Mulrady, agarrando num ramo meio consumido pelo fogo, deu uma tal pancada sobre o animal, que acabou por feri-lo. O crocodilo, caindo sobre o dorso, mergulhou no redemoinho da torrente que a sua temível cauda ainda agitou alguns momentos com formidável violência.

Glenarvan e os seus companheiros, livres dos vorazes animais, alcançaram os ramos que ficavam do lado de onde soprava o vento, e o ombú, cujas chamas, atiçadas pelo vendaval, formavam como velas incandescentes, derivou através da escuridão da noite.

26

O ATLÂNTICO

Durante duas horas, o ombú navegou sobre o lago imenso sem alcançar a terra firme. As chamas que o consumiam tinham-se apagado pouco a pouco. O principal perigo daquela terrível viagem desaparecera. O major limitou-se a dizer que não era para admirar que eles ainda se salvassem.

Conservando a primeira direção, a corrente deslizava de sudoeste para nordeste. A escuridão, iluminada apenas de quando em quando por algum relâmpago, tornava-se outra vez profunda, e Paganel debalde procurava no horizonte pontos de referência. A tempestade chegava ao final.

A marcha do ombú era rápida sobre a impetuosa corrente. Nada indicava que ele não continuasse assim por dias e dias. Porém, pelas três horas da manhã, o major observou que as raízes tocavam de quando em quando no fundo. Valendo-se de um grande ramo que arrancara, Tom Austin sondou as águas cuidadosamente e reconheceu que o terreno ia subindo. Efetivamente, passados vinte minutos o ombú parou de repente.

— Terra! Terra! — exclamou Paganel.

A extremidade dos ramos calcinados tinha batido contra uma elevação do terreno. Nunca houve navegadores mais satisfeitos em encalhar.

Robert e Wilson já saltavam sobre terreno sólido, quando deram um grito de alegria, ao escutarem um silvo bem conhecido. Ecoou na planície o galope de um cavalo, e a estatura elevada do índio ergueu-se na sombra.

— Thalcave! — exclamou Robert.

— *Amigos*! — replicou o patagão, que esperava os viajantes no local onde a corrente os devia conduzir, porque ele parara ali.

Levantando Robert nos braços, apesar de ver que Paganel vinha agarrado a ele, apertou-o contra o peito. Dentro em pouco Glenarvan, o major e os marinheiros, satisfeitos por tornarem a ver o seu guia fiel, apertavam-lhe as mãos com vigorosa cordialidade. Em seguida o patagão levou-os para o cerrado de uma plantação abandonada. Ali havia uma boa fogueira, que os aqueceu, e onde se assavam suculentos nacos de caça, de que não deixaram migalha. E quando, já tranqüilos, puderam pensar em tão perigosa aventura, nenhum deles podia acreditar na sorte que tinham em estarem vivos!

Em poucas palavras Thalcave contou a sua história a Paganel, e lançou sobre o cavalo toda a honra de o ter salvado. Paganel procurou então explicar-lhe a nova interpretação do documento, e que esperanças ela inspirava. Se o índio compreendeu perfeitamente as hipóteses de Paganel, não se sabe, mas o fato de ver seus amigos alegres e esperançosos lhe bastava.

Os intrépidos viajantes, depois de um dia de descanso, puseram-se novamente caminho. Achavam-se muito ao sul das plantações e dos *saladeros* para obterem meios de transporte, e o jeito era irem a pé. O percurso não era longo, e Thaouka não se recusaria a transportar de vez em quando um viajante mais fatigado, e até dois se fosse preciso. Em trinta e seis horas poderiam alcançar o Atlântico.

Era hora de partir, e o guia e os seus companheiros deixaram para trás a imensa bacia ainda alagada, indo pelas planícies mais elevadas. O território argentino readquiria o aspecto monótono; alguns grupos de árvores, plantadas pelas mãos dos europeus, elevavam-se, num ou noutro ponto, como que timidamente, acima das pastagens, aliás tão raras como nos arredores das serras Tandil e Tapalquem; as árvores nativas só cresciam ao longo dos prados extensos e nas proximidades do cabo Corrientes.

Assim se passou o primeiro dia. No dia seguinte, a poucos quilômetros do oceano, pressentiram a sua proximidade. A *viração*, vento singular que sopra regularmente durante a segunda metade do dia e da noite, fazia vergar as ervas mais elevadas. Do solo árido erguiam-se bosques ralos. Alguns charcos de água salgada cintilavam como pedaços de vidro quebrado e tornaram a marcha difícil, porque foi preciso contorná-los. Apressaram o passo, a fim de naquele mesmo dia chegarem ao lago Salgado, nas margens do oceano. Os viajantes sentiam-se exaustos, quando às oito horas da noite avistaram as marinhas de sal, que delimitam a orla espumante do Atlântico. Pouco depois o prolongado murmúrio do fluxo das águas chegou-lhes aos ouvidos.

— O oceano! — exclamou Paganel.

— Sim, o oceano! — redargüiu Thalcave.

E os caminhantes, a quem as forças pareciam já prestes a faltar, escalavam dali a pouco as marinhas com grande agilidade.

Mas era grande a escuridão. Procuraram o *Duncan* e não o distinguiram.

— Ele tem de estar aqui, à nossa espera! — exclamou Glenarvan.

— Amanhã veremos — replicou Mac-Nabs.

Tom Austin gritou pelo *Duncan*, mas não obteve resposta. O vento soprava forte, e o mar estava revolto.

Portanto, ainda que o *Duncan* se achasse no ponto designado, o homem de vigia não podia ouvir nem ser ouvido. A costa não oferecia abrigo algum, nem baía, nem enseada, nem porto. Compunha-se de compridos bancos de areia que iam perder-se no mar, e cuja aproximação é mais perigosa do que a dos rochedos à flor da água.

Era, pois natural que o *Duncan*, julgando a costa detestável e sem porto de abrigo, se conservasse ao largo. Com a sua habitual prudência, John Mangles devia afastar-se da costa o mais possível. Foi esta a opinião de Tom Austin, o qual afirmou que o *Duncan* não podia agüentar o mar a menos de dez quilômetros da terra.

O major aconselhou ao seu impaciente amigo a que se resignasse. Não havia meio de dissipar a densa escuridão. Para que fatigar a vista com o sombrio horizonte? Dito isto, organizou uma espécie de acampamento; as últimas provisões serviam para a última refeição da viagem. Em seguida, cada qual, imitando o exemplo do major, cavou um leito improvisado numa cova bastante cômoda, e adormeceu profundamente.

Só Glenarvan permaneceu acordado. Não se habituava à idéia de ter o *Duncan* tão perto de si. A suposição de que ele não estivesse ali, no prazo combinado, era inadmissível. Glenarvan deixara a baía de Talcahuano a 14 de outubro, e chegava a 12 de novembro às praias do Atlântico. Ora, no espaço de trinta dias gastos em atravessar o Chile, a Cordilheira, os Pampas, as planícies argentinas, o *Duncan* tivera tempo de dobrar o cabo Horn e chegar à costa oposta. Para um barco tão veloz, os atrasos não existiam; a tempestade fora decerto violenta, mas o *Duncan* era um bom navio e o capitão bom marinheiro. Ele devia estar ali!

Fosse como fosse, estas reflexões não conseguiram tranqüilizar Glenarvan. Quando o coração e a razão lutam, não é a razão quem se mostra mais forte. O lorde de Malcolm-Castle sentia em meio daquela escuridão todos a quem amava, a sua querida Helena, Mary Grant, a tripulação do seu *Duncan*. Pôs-se a vaguear pela praia deserta, que as ondas cobriam com as suas palhetas fosforescentes. Olhava, escutava. Julgou até, em certos momentos, surpreender no mar um indeciso fulgor.

— Não me engano, vi os fogos do *Duncan*. Ah! Se eu pudesse ver nas trevas!

Ao romper do dia todos se levantaram ao ouvirem este grito:

— O *Duncan*! O *Duncan*!

— Hurrah! Hurrah! — responderam todos a Glenarvan, correndo para a praia.

E realmente, a poucos quilômetros do largo, lá estava o navio. Sua fumaça confundia-se com as névoas matinais. O mar estava revolto, e um barco daquela tonelagem não podia se aproximar, sem perigo, dos bancos.

Com a luneta de Paganel, Glenarvan observava as evoluções do *Duncan*. Mangles não devia ainda ter visto os viajantes, porque não fazia qualquer manobra, continuando a bordejar.

Mas Thalcave carregou bem a carabina, descarregando na direção do navio. Por três vezes disparou.

Afinal, uma fumaça branca apareceu na borda do navio.

— Eles nos viram! — exclamou Glenarvan.

E passados segundos, uma surda detonação expirava na praia. No mesmo momento o *Duncan*, manobrou de modo a se aproximar da costa.

Dali a pouco viram uma embarcação largar de bordo.

— Lady Helena não poderá vir — disse Tom Austin, — o mar está muito revolto!

— John Mangles também não — replicou Mac-Nabs, — já que não pode deixar o navio.

— Minha irmã! minha irmã! — dizia Robert, estendendo os braços para navio, que jogava violentamente.

— Ah! Como demora achar-me a bordo! — exclamou Glenarvan.

— Paciência, Edward. Estará lá daqui a duas horas — ponderou o major.

— Duas horas!

Efetivamente a embarcação, munida da seis remos, não podia fazer o trajeto de ida e volta em menos tempo.

Então Glenarvan aproximou-se de Thalcave, que de braços cruzados, com Thaouka junto de si, observava tranqüilamente o movimento das águas.

Glenarvan apontou-lhe o barco:

— Vem.

O índio meneou a cabeça brandamente.

— Vem amigo — repetiu Glenarvan.

— Não! — respondeu Thalcave com doçura, e fazendo um gesto apaixonado, mostrou ao lorde: — Aqui está Thaouka, acolá estão os Pampas!

Glenarvan compreendeu que o índio não iria nunca abandonar a campina onde jaziam os ossos de seus pais. Conhecia a afeição religiosa dos filhos do deserto pela sua terra natal. Apertou a mão de Thalcave, e não insistiu. Também não insistiu quando o índio, sorrindo a seu modo, recusou o pagamento, dizendo:

— Por amizade.

Glenarvan não pôde responder-lhe. Quisera deixar ao menos uma lembrança ao valente índio que lhe recordasse os seus amigos da Europa. O que lhe restava porém? As suas armas, os seus cavalos, tudo se perdera na inundação. Os seus amigos eram tão ricos quanto ele.

Não sabia, pois, como premiar o desinteresse do valente guia, quando lhe acudiu de súbito uma idéia. Tirou da carteira um medalhão precioso em que havia um retrato admirável, e ofereceu-o ao índio.

— Minha esposa! — disse.

Thalcave contemplou o retrato com olhar comovido, e proferiu as seguintes palavras:

— Boa e formosa!

Em seguida Paganel, Robert, o major, Tom Austin, os dois marinheiros, vieram dizer adeus ao patagão. Aquela boa gente sentia-se deveras comovida ao deixar um amigo tão intrépido e dedicado. Thalcave abraçou-os com força. Paganel obrigou-o a aceitar um mapa da América meridional e dos dois Oceanos, que o índio muita vezes olhara com mostras de interesse. Era o que o sábio tinha de mais precioso. Quanto a Robert, só afagos tinha a dar, e ofereceu-os ao seu salvador, não esquecendo Thaouka na larga distribuição.

Esta história continua no volume 9: Austrália Meridional - OS FILHOS DO CAPITÃO GRANT II

Este livro *América do Sul — OS FILHOS DO CAPITÃO GRANT I* é o volume nº 8 da coleção *Viagens Extraordinárias — Obras Completas de Júlio Verne*. Impresso na Editora Gráfica Líthera Maciel Ltda, à Rua Simão Antônio, 1.070 — Contagem, para a Villa Rica Editoras Reunidas Ltda, à Rua São Geraldo, 53 — Belo Horizonte. No Catálogo Geral leva o número 06071/1B. ISBN: 85-7344-524-6